気まずい二人

三谷幸喜

角川文庫　11381

この本の使い方

三谷幸喜

①対談集として楽しむ

これは、脚本家である私の、初めての対談集です。「月刊カドカワ」に「貴女《あなた》と話したい」というタイトルで連載されていたものを一冊にまとめました。

ゲストには、日頃、テレビで観ていて気になっていた皆さん（女性に限る）を、お呼びしました。

②戯曲集として楽しむ

これは、脚本家である私が、初めて出す戯曲集でもあります。

会話の内容はもとより、初対面の二人がいかに共通の話題を見つけて、心を通い合わせていくか（またはいかないか）、そのプロセスを描いた二人芝居と思って読んで頂けると幸いです。

③HOW TO本として活用する

これは、人見知りでもある私が、様々な女性との出会いを重ねるに連れて、いかに自分の性格を克服していったか、そのプロセスを追ったドキュメンタリーでもあります。

私は元来、上がり性で、初対面の人とは打ち解けるのに時間がかかるタイプです。しかも相手が女性となると、緊張感はさらに高まります。

この対談は、そんな私のためのリハビリ企画であったのです。そんなわけで、ゲストは、あえて私が緊張しそうな方を選ばせて頂きました。

話下手《はなしべた》だった私が、経験を重ねることによって、少しずつ度胸を身につけ、会話のテクニックを覚え、そしてフリートークの名人となっていく様《さま》が、ここには描かれています。

初対面の相手と、なかなか打ち解けられない人、特に女性と会話するのが苦手な人は、ぜひこの本を読んで、勉強してください。

気まずい二人　目次

第八話　潤んだ瞳の女　緒川たまき　女優　一三
第九話　喋り続ける女　平野レミ　シャンソン歌手　一四九
第十話　気を使う女　森口博子　歌手　一六三
第十一話　モンロー似の女　加藤紀子　歌手　一八一
第十二話　年下の女　安達祐実　女優　一九七
第十三話　忘れがちな女　石田ゆり子　女優　二一七
第十四話　ナイスフォローの女、再び　八木亜希子　フジテレビ・アナウンサー　二三五

装幀／カバーイラスト　和田　誠
本文イラスト　三谷幸喜

第一話

ナイスフォローの女

人物　八木亜希子［フジテレビ・アナウンサー］
三谷幸喜

フジテレビの応接室
向かい合ってソファに座る八木と三谷《みたに》
襟ぐりの開いた白いコットンシャツの上にクリーム色のカーディガンを羽織った
八木
前ボタンをきっちり止め
手にはガーゼのハンカチを握っている
三谷はかなり緊張気味である
進行役としての責任から、自ら口火を切る三谷
しかし、気負いが先行したか、声はうわずっている
三谷「対談、初めてなんです。ゲストに呼ばれたことはあるんですけど。ホストとい

うのは」

八木「緊張されてます？」

三谷「非常に緊張しています。もともと、面識のない方とお話しするのが苦手で」

八木「私も対談とか、緊張するほうですけど、相手が緊張してるな、と思うと緊張しないんです」

三谷「今は緊張してませんか」

八木「大丈夫」

三谷「……（困惑して）相手が緊張してないってわかると、もっと緊張します」

八木「そうですか。じゃあ、緊張します、ちょっと」

八木のフォローに、やや落ち着きを取り戻す三谷

三谷「普通の対談みたいに、会話の妙を楽しむ、というよりは、この緊張感というか、サスペンスというか、そういったものを読者の方に楽しんでいただこうかと。だからできるだけゲストには、怖い女性がいいと思って」

八木「それで第一弾が私ですか」

一瞬言葉に詰まる三谷

三谷「……（気を取り直して）『めざましテレビ』を観ていても、とても強そうな印象が。てきぱきしているというか、周囲をあしらう感じがとても素敵で」

八木「そんなことないですよ。本当は一人じゃ何もできないタイプなんです。六人家族なんですね、私。大勢で育ったんで、人がたくさんいる中だと強いんですけど、一人でご飯食べに行くとか、一人で買い物とか、そういうのできないんですよ」

突然、会話が途切れる

気まずい空気が流れる

三谷「……今、『間』ができましたけど、こういう時の受け答えが下手《へた》なんです」

八木「ああ……」

三谷「会話が続かないっていうか。どうすればいいんでしょう」

八木「……いいんじゃないですか。これって、三谷さんがお会いしたい人を呼ぶんですよね」

三谷「はい」

八木「呼ばれた方にしてみれば、自分に会いたがってた人と話すのって、たぶん気持ちのいいことだと思うんですよ。きっと黙ってても、向こうのほうから『何か喋《しゃべ》ってあげなきゃ』ってお話ししてくれるんじゃないですか」
三谷「………」
八木「アナウンサーはダメなんですよね。聞くのが仕事で、いっぱい質問して当然ってところあるじゃないですか。だから、そういう人より、逆に慣れてない人のほうが、案外思わぬ話を引き出すことができたりするんじゃないですか」

なぜか当惑した様子の三谷

八木「………」

伏し目がちに告白する三谷

三谷「実は、今こうして話を伺っていても、全然耳に入ってないんです」
八木「ちょっと私、一生懸命話してたのに。三谷さんのために親身になって」
三谷「思いだけは伝わってきました」
八木「思いだけですか。具体的なノウハウのほうは全然」

三谷「耳に入りませんでした」
八木「じゃあ、私、録音テープに話します」

次第に元気がなくなってくる三谷

三谷「対談、向いてないんでしょうか」
八木「そんなことはないと思いますけど……。これから何人くらいの人に会わなきゃいけないんですか」
三谷「予定では十一人です」
八木「どうして、こんなはめになったんですか」
三谷「連載の話があって、ただエッセイとか苦手なんで、それで『対談がいい』ってポロッと言っちゃったんです」
八木「エッセイとか苦手なんですか」
三谷「文章書くのあまり上手《じょうず》じゃないんです」
八木「お仕事なのに」
三谷「ドラマは、わりと得意なんですけど」
八木「私、この間、パルコのお芝居(『君となら』)、観せていただいて、『なんでこんなことが思いついたり書けたりするんだろう』って、すっごい、すっごい思いましたもん」

三谷「ああいうのは向いてるんです」

八木「すごく向いてるんですよね。類《たぐ》い稀《まれ》なる才能をあそこに発揮するわけですよね。私、器用貧乏のほうなんですよ、わりと。なんでもチョコチョコやっちゃうんですけど、その代わり、類い稀なる才能を発揮できないんですよ」

三谷「僕も、器用貧乏ですよ」

八木「いや、そういうのは器用貧乏っていわないと思う。そんなことないです。私が許しません」

三谷「結構、なんでもこなすんですけど。対談以外は」

八木「……でも、自分で生放送とかやっていて矛盾してるんですけど、今自分がいる世界って、例えば会話に『間』を開けてはいけないとか、ポーンて喋ったら、ポーンて返さなきゃいけないとか、そういうとこあるじゃないですか。変わったコメントをしたり、受けるような答えをした人だけが重宝されるみたいな」

三谷「…………」

ぼおーっとしている三谷
それに気付きながらも話を続ける八木

八木「でも三谷さんの前だから言うんじゃないですけど、本当に真剣に、誠実に答えようと思ってる人って、そんなに簡単に言葉が出るもんじゃないなって、すごくそんな気がするんですよ。聞いてます？」

呼ばれて我に返る三谷

三谷「聞いてます」
八木「眠かったですか」
三谷「気持ちがとても楽になりました」
八木「別に、慰めてるわけじゃないんですけど、でも相対的には慰めてる印象にしかならないですね」
三谷「……相槌《あいづち》打つのが苦手なんですよ。なんかしらじらしくなっちゃって。だからよく聞いてないように思われるんです」
八木「私も、ちょっと不安になったんで、確認してみました」

三谷「ま、確かに聞いてない時もあるんですけど」
八木「少しそういう感じしました」
三谷「今は聞いてました」
八木「区別がつきにくい」
三谷「微妙な違いが」
八木「…………」

再び会話が途切れる

三谷「……あ、今、また『間』ができました」
八木「秋元康《やすし》さんが、コラムで、最近の人は『間』を怖がるって書いてらっしゃって。そういえば、シーンとなったままずっといる人って、いないですよね」
三谷「僕、わりと平気なんですよ」
八木「友達同士で話していて、シーンとかなっても」
三谷「意地でも僕から話すのはやめようと思いますね。この後いったいどうなっちゃうんだろうとか」
八木「私、『間』がダメなタイプなんですけど、大学まではそうでもなかったような気がするんです。でもこの仕事に入ったら、なんかこう友達といても、シーンとなって何も話すことがない時は、『私の責任だ』みたいな、『私が話題を作らなきゃいけない、プロなんでしょう』みたいな、無言のプレッシャーを感じたりするようになって、『ああ、なんか喋んなきゃいけないな』って。本当は関係ないんですけど」

三谷「僕の場合は、誰も喋りだすのを期待してませんから、そういった点では楽です」

八木「いいですよね、そのほうが」

三谷「これじゃ対談にならないんで、少し突っ込んだ質問をします」

気合いを入れて、座り直す三谷

三谷「六人家族って、さっき伺ったんですけど」

八木「印象に残ってます？　もう忘れてらっしゃるかと」

三谷「六人で住んでるんですか」

八木「兄が結婚したので、今は五人なんですけど。うち、イタリア人みたいな家族ってよく言われてて……。すごいうるさいんですよ。私、朝早いんで、平日は都内に仮住まいをしてるんですけど、この前久しぶりに家に帰ってみたら、『うるさい家族だなあ』って」

三谷「言われてみると、うちもわりとイタリア系ですね」

八木「そうなんですか」

三谷「博多《はかた》の人間なんで、言葉がきついんですよ。家に人が遊びに来ると、みんな憎しみあっているように見えるらしくて」

八木「そうですか。うちは、憎しみあうっていうほどは。何人家族なんですか」

三谷「四人です。あと犬がいます。これがまた、イタリア気質で、とても気性が荒いんです。ヨークシャテリアなんですけど、朝、足を踏んでしまって、謝っても許してくれなくて、夜まで覚えていて、寝がけにいきなり嚙《か》みつかれたりします。

……話は戻りますが、八木さんは、一人でご飯を食べるのが苦手なんですか」

八木「ずいぶん前に戻るんですね。なんだか、朝、足を踏んで、夕方嚙みつかれたような感覚に陥りました」

三谷「僕もダメなんですよ。一人で食べるの。似てるかもしれませんね」

八木「似てないと思います」

三谷「そば屋さんでも、雑誌があれば、それを見ながら食べるんですけど、一人で

　黙々っていうのが恥ずかしくて」
八木「でも、雑誌とか見ながらだと食べにくくないですか」
三谷「それがない時は、テーブルの上のメニューとか見ながら食べます」
八木「ああいうの見つめて食べてる」
三谷「なんていうか、視線の収まりが悪いんですよね、食べてる時の」
八木「雑誌とかって、見ながら食べられるものかしら。パターンッて閉じそうになりません？」
三谷「だから、小鉢とかを置いて」
八木「押さえ。めくれないように。私は結構ダメなんですよね、イライラしちゃって。さっさと食べてから読んだほうがいいや、みたいな。コツとかあるんですか」
三谷「マンガはダメですね。めくらなきゃいけないから。マンガ雑誌の時は、活字の多い投稿欄とか」
八木「あれって、つまんないじゃないですか」
三谷「あと、めくらなくて済む、プレゼントの当選者の発表」
八木「すごいつまんないですね。そういうところ読んで、『あ、面白い名前の人がいる』とか……」

三谷「知ってる人はいないか、とか」
八木「知ってる人……そう考えたこと、一度もなかったです」
また会話が途切れる
ここまで一気に喋《しゃべ》り続けてきた三谷、緊張の糸が切れたのか、深いため息を一つ
疲労感を隠し切れない様子
三谷「……考えてみると、こうやって向かい合って、女性の方とお話しすることって、あまりないんで疲れます」
八木「なんか、『相対《あいたい》す』みたいな感じありますよね。今度からカウンターで話すっていうのはどうですか」
三谷「隣り同士はいいかもしれませんね。いちばん僕が颯爽《さっそう》と会話ができるのは、電車の座席なんです」
八木「颯爽と会話ができるんですか。颯爽と……。テレビの会話って、だいたい横に座ってるじゃないですか。相槌《あいづち》打つ時も、斜めにうなずいたりしますよね。だから私、ラジオに出た時、異常に緊張するんです」
三谷「向かい合って……」

八木「ラジオって、そんな感じ、私だけかもしれないんですけど、お見合いみたいじゃないですか。真ん中にマイク置いて、本当にこう向かい合ってお互いに喋るわけだから。だから話してて、なんかこう、押され気味になるところってありますね。すごく緊張しちゃう。……ああ、でも、今日はそういう感じを私が与えているのかもしれないですね」

三谷「いえ、今日はとてもリラックスしてます」

八木「リラックスされましたか。これから十一回もあるんですよね。大変ですよね。あと十一回って一年てことですか」

三谷「はい」

八木「一年続く……」

三谷「なんとかこの一年で、僕のホストとしての成長を、読者の方に伝えたいな、と思っているんですけど」

八木「私、いちばんスタートですね」

三谷「最悪の出だしになりました」

八木「でもいちばん楽しめる回ですよね。対談に慣れちゃった三谷さんは、これから先、いろいろな人が見られるけど、慣れてない三谷さんは今しか見られないです

　から、いちばん貴重です」
三谷「（しみじみと）いい人だ」
八木「頑張って下さいね」
三谷「できれば、最終回も出ていただいて、成長ぶりを見ていただきたいです」
八木「変わってなかったりして」
三谷「予定では、立て板に水っていう感じになってるはずなんですが……」
　不安気に窓の外を見つめる三谷

第二話

淋し気な女

人物　十朱幸代［女優］
三谷幸喜

ホテルの一室
ソファで待つ三谷
十朱《とあけ》、赤いツーピースで颯爽《さつそう》と登場
十朱「お待たせしました」
三谷「(思わず立ち上がり) あ、よろしくお願いします」
十朱「こちらでよろしいの」
ソファに腰を下ろす十朱
三谷も向かい合って座る
十朱「十朱です」

三谷「三谷と申します」

見つめ合う二人
十朱はにっこりと頬笑《ほおえ》む
いきなり緊張する三谷

三谷「ええ、僕、実はこういう対談にもっともふさわしくない人間で、今もかなり緊張してるんですが、どうせ緊張するんだったら、徹底的に緊張する方に会ってみたいな、ということで、今回は十朱さんに」
十朱「私もそうなんです、実は。緊張するタイプで。見えないらしいんですけど、本当はそうなんです」
三谷「見えませんね」

十朱、うふふと控えめに笑う
気をよくした三谷は、一気呵成《かせい》に喋《しゃべ》り出す

三谷「実は昔、十朱さんの唄《うた》ってらした『セイタカアワダチ草』の……」
十朱「え、あんなの知ってる人、少ないのに」

三谷「『夜のヒットスタジオ』に出られたのを」

十朱「あれ、アガッちゃったんですよ」

三谷「ビデオに録《と》ってあります」

十朱「いやだ、あれ、ドッキドキで、もう何がなんだか分かんないで終わっちゃったんですよ」

三谷「ファンだったもんですから」

十朱「ありがとうございます」

三谷「あとニール・サイモンの『第二章』を舞台で拝見しました。学生の頃ですけど」

十朱「学生の頃？　ついこないだみたいだったけど、私から見れば」

三谷「その前が、大河ドラマの『黄金の日々』で、ねねを」

十朱「皆の知らないようなものばっかりご存じね」

三谷「あれでファンになりまして、『夜ヒット』をビデオに録って、パルコ劇場で『第二章』を観て、今日に至ったという感じです」

十朱「その作品は、全部、言われたことがないのばっかりです。珍しい方だわ」

三谷「マニアックだったですか」

十朱「なんか走馬灯《そうまとう》のように蘇《よみがえ》りますね。あの頃はなんでもやってたんですよ」
三谷『『セイタカアワダチ草』はいい唄《うた》だったです。内容は……忘れました」
十朱「ちょっと変わった唄で、沖縄の基地かなんかの……やめましょうね」
三谷「『第二章』がよかったんで、これからニール・サイモンとか、結構やっていかれるのかな、って思っていたんですけど」
十朱「あの頃は、本当に無我夢中で、何もわからずにやっていたから。共演の方にもかなり叩《たた》かれて……」

しんみりする十朱

三谷「……この話もやめましょう」
十朱「そうですね」

やや、気まずい沈黙があって

三谷「話に詰まった時に出そうと思っていた話題がありまして」
十朱「ええ」

と、身を乗り出す十朱

三谷「枝豆……枝豆がもやしになり、豆腐になり、納豆になるっていうのは、ご存じでしたか」

十朱、しばし呆然《ぼうぜん》

十朱「もやしにもなるの、枝豆って。もやしが育つと枝豆になるの？」

三谷「枝豆の中に、大豆が入っているんです。だから、もやしも大豆なんです」

十朱「……でも違うんじゃないかしら」

三谷「いえ、あってると思います。だってマメもやしって」

十朱「ああ、そうですよね、確かに」

三谷「(我に返って) 十朱さんを前にして何を話しているんでしょうか……」

哀《かな》しげにうつむく三谷

なんとか雰囲気を盛り上げようとする十朱

十朱「この前パルコでやったお芝居 (『君となら』)、最高に面白かったですよ」

三谷「（顔を上げて）ありがとうございます」

十朱「テンポが早くて、私たちがやっている芝居と違って、すごく新しい感じがして嬉《うれ》しかった」

三谷「新しい商業演劇を目指しているんですけど」

十朱「そんな感じ、したした」

三谷「僕は、専門がコメディなんで、今回の十朱さんの映画『日本一短い「母」への手紙』の台本も読ませていただいたんですけど、ああいうのを読むと、これはどうすればコメディになるかって、すぐ考えてしまうんです」

十朱「いいですねえ」

三谷「正直、コメディとして見ると、ちょっと物足りなかったですね。息子さんと再会するシーンとか。コメディじゃないんでいいんですけど」

十朱「なるほど」

三谷「作り方によっては、もうちょっと笑えるような気がしました。コメディじゃないんで、いいんですけど」

十朱「そういう見方もあるのね。今度ぜひコメディ版作ってください。私、出演させていただきますんで」

三谷「……失礼して、いただきます」

三谷、目の前のコーヒーカップを手に取る
十朱は頰笑《ほおえ》みを浮かべながら、三谷を見つめる
視線を感じ、激しく動揺する三谷
なにか話さねば、と焦りまくる三谷

三谷「……昨日、上祐《じょうゆう》さんが捕まりました」
十朱「捕まりましたね。夜中だったでしょう。逮捕のところをテレビで観ようと思ったんですけど、寝ちゃったんです。もうちょっと頑張れば観れたのに」
三谷「僕も昨日は、やっぱり上祐逮捕は、日本人としては、見なきゃいけないなって気がして。でも眠かったのでビデオに録りました。でもそういうのって、後で観ないんですよね。なんかビデオに録るとホッとするっていうか」
十朱「そういうのって、あるある。私、本とかそうですね。本屋さんに行くと、もう抱えきれないくらい買うんですけど、買ったことで、読まないのに、ホッとしちゃうんですよね」
三谷「手に入れたことで、もう役目は終わったという感じ、しますよね」

十朱「ビデオなんかも、そうですね」
三谷「僕たち、似てるかも知れませんね」
十朱「……そうですね」
三谷「何座ですか」
十朱「いて座です」
三谷「僕はかに座です……何型ですか」
十朱「O」
三谷「僕はA型……大女優を前に、こんな話しかできない自分が悲しいです。得意料理はなんですか」
十朱「カレー、ハンバーグ」
三谷「カレー味のハンバーグ?」
十朱「カレーとハンバーグ」

三谷、コーヒーに手を伸ばす
噛《か》み合わない会話にかなり焦りを感じている三谷

三谷「……いて座というのは、何月ですか」

十朱「十一月二十三日」
三谷「と、いうことは勤労感謝の日じゃないですか」
十朱「あと、ふみの日。偶然なんですけど、今度の映画が、その日に公開なんです」
三谷「それはめでたい」
十朱「『日本一短い「母」への手紙』で、ふみの日」
三谷「よくできてるもんですね」
十朱「お酒は？」
三谷「お酒、ダメです」
十朱「でも、その、鼻の頭の赤いのは？」
三谷「あ、これは」

三谷、慌てて鼻を押さえる
（この日、三谷は鼻の頭に吹き出物ができていた）
激しく動揺する三谷

十朱「かなりお酒が好きなのかなって」
三谷「これはメンチョウです。執筆に詰まると、すぐ鼻の頭にできるんです」

十朱「そうなの」
三谷「よりによって、こんな時にどうしてできたんだろう。十朱さんにはバレないって、周りの人間には言われたんですけど。……目立ちますか」
十朱「平気平気」
三谷「酔っているように見えますか」
十朱「すごくお酒が好きな人は、よくそうなってるじゃないですか」
三谷「それはよっぽど好きな人でしょう」
十朱「だから、もしかしたらって」
三谷「全然飲めないんです。お飲みになるんですか」
十朱「一時はね。今はあんまり強くないです。無茶飲みはやめようって」
三谷「飲むとどうなるんですか」
十朱「もう元気百倍。皆がくたびれて帰りたい時に『ダメ、まだ帰っちゃ』とか。あと、シャイな部分が取れるから、余計おしゃべりになって、例えば、全然知らない人たちと、よその店に流れたり、ある時なんか家に呼んじゃって」
三谷「知らない人たちを？」
十朱「そこまでやっちゃうの」

三谷「それは、控えて正解だと思います」
　会話が途切れる
　間がもたないので、またコーヒーを飲む三谷
　黙って三谷を見つめる十朱
　次の話題を探しているようにも見える
　三谷、いきなり喋《しゃべ》り出す
三谷「……大晦日《おおみそか》は、何を」
十朱「大晦日？」
三谷「初対面の人と話題がなくなった時には、聞くようにしてるんです」
十朱「ここ何年かは、お正月に舞台をやってたんですよ。だから、暮れも正月もないっていうのが、何年も続いて。前はホテルに泊まりっぱなしとか、そういうこともありました」
三谷「僕も年末、仕事でホテルに缶詰になって、部屋で年を越したことがあるんですけど、それは淋《さび》しかったです」
十朱「ねえ、みんな家族連れじゃない？」

十朱「私それ、何回も経験してる。三十一日が舞台稽古《げいこ》で、元旦《がんたん》はお休みなんです。でも、家にいると落ち着かないんで、ホテルに泊まるの。でも、部屋だと洋食しかなくて、正月からパン食べるのイヤだなって外に出ると、家族連れでごった返しているの。悲しくなって、やっぱりパンでもいいから、部屋で一人で食べようと思ったら、元旦は特別メニューでルームサービスがないの。で、結構我慢しちゃうんです」

三谷「そうなんですよ」

三谷「それはかわいそうですね。僕の場合は、大晦日にホテルのラウンジで、カウントダウンのパーティがあって、行ってみたらカップルばかりで、それも仮装パーティで、僕だけ一人で、キンキラの帽子被《かぶ》って、かなり淋しかったです」

身を乗り出す十朱

かなりこの話題には興味がある様子

十朱「外国の映画なんかだったらさ、そこにまた、一人ぼっちの女性がいてさ、知り合うのよねえ」

三谷「そう思って、一応探してみたんですけど、いませんでした」

十朱「私ね、本当、よく思うんですよ。旅行して、隣り同士で偶然知り合って、それで恋が芽生えた、みたいな、昔ってそういうことよくあったんですよ。今は、新幹線でどこでも三時間くらいで着いちゃうでしょう」
三谷「昔って、本当にあったんですか、そういう出会いが」
十朱「よくありましたよ。そういうところからスタートするっていうのは結構あったんですよ」
三谷「御自身、そういう体験されたんですか」
十朱「そうでもない。いつも期待してますけど、なかったです」
三谷「僕もホテルのエレベーターで、誰かと偶然一緒になって、そのエレベーターが故障して、二時間くらい二人きりになるとか、そういうことって一回くらいあるかな、と思ったけど一回もありませんでした」
十朱「最近はないのよねえ」
三谷「昔もなかったんじゃ」
十朱「そうかな、あれ、ドラマの上だけなの？　もう期待しちゃうんですよね。長い旅行とかで、誰かと知り合わないかなって」
三谷「やっぱりそうですか。新幹線とか乗っても、どんな人が来るか、気になりますよね」
十朱「隣が空いてるとね」
三谷「でもロクな奴《やつ》は乗って来ないんですよね。この前初めて、飛行機で北海道に行ったんですけど、出会ったのは、松山千春くらいでした」
十朱「ちょっと前にニューヨークの友達のところへ遊びに行ったんですよ。そしたら、よく当たるっていう占いの人を紹介されて、私も淋しい思いをしてた時で、見てもらったの。そしたら、あなたはあと一ヵ月の間に、運命的な出会いがあるって言われて。そしてその相手は、すごいお金持ちだって言うわけですよ。もう期待しちゃって期待しちゃって。そしたらね、早速外人からアタックがあったんです」
三谷「すごいじゃないですか」
十朱「でも変な人で、芸術家ぶってて、妙なパーティに誘われて、だから断ったんです。そしたらプレゼント贈ってきて、開けてみたら、枯れた花に虫が一杯」
三谷「うわっ」
十朱「いやらしいでしょう」
三谷「かなりいやらしい奴ですね」

十朱「で、これは違ったなって思って。それで一ヵ月経って、最後の日になって。ちょうどそれがニューヨークからこっちに帰る日だったんですよ。ああ、これはもう絶対なんかあると思って。そうか、飛行機で出会うのかって。その時はエコノミーのチケットを持ってたんだけど、相手はお金持ちって言ってたから、わざわざそれをファーストクラスに替えてもらって、それで帰って来たの。……誰にも会いませんでした」

三谷「出会い、なかったですか」

十朱「わざわざファーストクラスに乗り換えたのに、全然いなかった」

三谷「真後ろの席に座っていて、気がつかなかったってことはありませんか」

十朱「一応、見回してみたんですけどね」

三谷「パイロットは確認してみました？」

十朱「コックピット、覗《のぞ》いてみたほうがよかったかもしれないですね」

三谷「……そんなもんなんですかね」

十朱「そうなのよね」

十朱、しみじみと窓の外を見つめる
言葉に詰まる三谷
三谷「良質のコメディのようなお話、ありがとうございました」
話が途切れる
間がもたないので三谷、そっと鼻のメンチョウを触る
心配気に見つめる十朱
三谷「……ここに来てから、さらに大きくなった気がする」
十朱「あんまりいじらないほうがいいかも」
慌てて手を下ろす三谷

第三話

困惑する女

人物　西田ひかる「歌手」
　　　三谷幸喜

ホテルの一室

テーブルで向かい合う西田と三谷

細みのパンツに、ベージュと黒でデザインされたドレッシーなプリントブラウスの西田

例によって重苦しい沈黙が続く

三谷「……苦手なんです、初対面の人と話すの。これで対談三回目なんですが、まだ慣れません」

西田「私もどちらかというと人見知りなんです」

三谷「そうなんですか」

三谷に気を使って、自主的に話を始める西田

西田「アメリカで十三歳まで育って、日本に帰って来てもアメリカンスクールだったんで、自分と同世代の人たちと、日本語で話したことがあんまりなかったんですね。だから、デビューの頃は特に、同期の人たちとなかなか友達になれなくて。相手は何にも思ってなかったんだけど、自分が漢字が読めなかったりするのが、すごく気になったりして……。人見知りの理由っていうのは、何かあるんですか」

三谷「そうですね、なんか億劫《おっくう》になっちゃうんですよね。いろいろ質問すると、『あ、この人用意してきてる』って思われるんじゃないかって」

西田「私、そんなこと思いませんから」

にっこり頬笑《ほおえ》む西田

ほっとした様子の三谷、緊張がほぐれたのか、コーヒーを一口する

西田「何か用意してる質問てあるんですか」

三谷「枝豆はお好きですか」

西田「枝豆は好きです、はい」
三谷「枝豆の中身は大豆だっていうのは、ご存じだったですか」
西田「………」
三谷「だから、枝豆と納豆は同じものだっていう……」
西田「種類が」
三谷「種類というか、まず枝豆があって、それが豆腐となり、やがてはもやしとなり。だからあれは全部同じものなんです」

不思議そうに三谷を見つめる西田

三谷「(慌てて) それだけの話なんですけど」
西田「じゃあ枝豆作ってる人っていうのは、そういうお豆腐屋さんに卸したりするっていう意味?」
三谷「ええと……」
西田「……それとも小さい時、枝豆がまだ育っていない時に、納豆屋さんに持っていくとか、そういうことですか」
三谷「たぶん、枝豆農場みたいなものがあって、これは、そのまま枝豆でいこうとか、これは納豆にしようとか、もやしにしようとか、そういう感じじゃないですかね」

西田「じゃあ、同じ木、もともと」

三谷「ていうか、枝豆が大もとっていう感じですね。……この話はもういいです」

三谷、どうしていいか分からなくなって、窓の外を見つめる

三谷「………」

西田「何か私について用意してきた質問ってありますか、枝豆じゃなくて」

三谷「(焦って)でも、アメリカにいた頃のこととか、何度もお話しになってるんじゃないかなって。だからできるだけそういうことは聞かないようにしようと思いまして、それで枝豆のこととか、そういうさりげない話題でつないでいこうと思ったんですけど、いきなり失敗しました」

西田「あのね、インタビューで、必ず出る質問ていうのがあるの。『考える時、英語で考えますか、日本語で考えますか』とか」

三谷「ああ、なるほど。どっちなんですか」

西田「………」

一瞬、西田の顔が曇る

焦りまくる三谷

三谷「あ、いえ……」

西田「……日本語で喋《しゃべ》ってる時は、日本語で考えてて、英語で喋ってる時は、英語で考えてる」

三谷「計算する時は」

西田「どうだろう、英語かな」

三谷「九九は」

西田「日本語だとゆっくりになっちゃう」

三谷「向こうではどんなふうに言うんですか」

西田「九九じゃなくて、十二まであるの」

三谷「じゃあ十二掛ける十四とかすぐ出てくる」

西田「ううん、九掛ける十二までしか、いかないの」

三谷「じゃあ、九掛ける十二」

西田「わかんない……百八かな」

西田、恥ずかしそうにうつむく
沈黙が訪れる
なんとかしなければ、とさらに焦る三谷

三谷「……何か共通の話題を見つけたいんですが、動物は」
西田「飼ってます。犬と猫」

会話のとっかかりを見つけ、すかさず身を乗り出す三谷

三谷「あ、僕も犬を」
西田「何飼ってるんですか」
三谷「うちはヨークシャテリアを」
西田「あ、一緒」
三谷「最高じゃないですか。お名前は」
西田「ベティちゃん」
三谷「うちは、オハラ」
西田「おはら？　スカーレット・オハラのオハラ？」

三谷「小原庄助《おはらしょうすけ》のオハラです」

西田「………？」

三谷「小原庄助さんといいまして、日本の有名な、朝寝、朝酒、朝湯の好きな人だったんですけど……。うちの犬は、おへそが東京ドームみたいになってるんですけど、そちらは、いかがですか」

西田「帰って調べてみます」

三谷「うちは、もう年寄りで、よく脅かして遊ぶんですけど、そっと窓から家の中に忍び込んでも、全然気付かないんです」

西田「なんで窓からそっと？」

三谷「それは犬を脅かすためです」

西田「………」

三谷「そっと後ろに回っても、全然気が付かなくて、隣に座っても気が付かなくて、トントンて肩を叩《たた》くと、初めて気付いて、ドヒャッとなるんです」

西田「気が付くでしょう、犬なんだから」

三谷「気が付かないんですよ」

西田「だって、うちの犬、遠くで誰かが来ただけで、分かっちゃうよ」

三谷「それは、まだお若いからじゃないですか」
西田「………」
三谷「他にはどんな動物がお好きですか。牛とかは？」
西田「あ、牛はね、おととしインドに行った時、一回だけ乳搾《ちちしぼ》りしたことがあるの」
三谷「最高じゃないですか」

再び会話のとっかかりを見つけ、身を乗り出す三谷

西田「すごかったのが、農家にお邪魔して、中に入ると、牛が四頭くらいいるの、家の中なのに。ドア開けると一、二メートルのところに牛が生活してるんですよ。じゃあ、ご飯食べましょうって、座ったら、もう牛のお尻《しり》とかが目の前にあるの」
三谷「それはどういうことなんですか。家族の一員」
西田「家族の一員」
三谷「じゃあ、名前とか付けて呼んでるんですかね」
西田「どうだろう、そこまでは聞かなかったけど、でもすごかった」
三谷「いやあ、牛でこんなに盛り上がるとは思いませんでした」

満足気にコーヒーをすする三谷

三谷「（余裕を持って）野球は、どこがお好きですか」

西田「巨人ファンです。どこかのファンですか」

三谷「大洋（現横浜ベイスターズ）です」

西田「私、始球式やったことがあるんです」

三谷「最高じゃないですか」

西田「すごい緊張して、マウンドに立ったら審判の人が、こうやって手を挙げて、何かおっしゃったの。でも、ドラマとかだと、ADさんがこうやって手を挙げるのって、『待て』の合図じゃないですか。だから、まだ投げちゃいけないんだと思ってずっと待ってたら、審判の人が、何度もこういうふうにやって、それは、早く投げてくださいってことだったのね。だから、慌てて投げたんですけど、それが逆にすごい間を取ってて、堂々としてたように見えたみたいで、ブルペンに戻ったら、コーチの人に、『何かすごい時間がかかったね』とか、ブツブツ言われて……。でもその日は巨人、勝ったんですよ、広島カープに11対0」

三谷「へえ」

西田「あと、びっくりしたのが、ブルペンで桑田《くわた》さんがウェイトトレーニングしてて、見たら、親指だけが分かれてる足袋《たび》みたいな靴下履いてたの」
三谷「それはタビックスのことですね」
西田「思わず見て、笑っちゃったんですよ。『うわーっ、なんでそんなの履いてるんですか』って聞いたら、これだと、グッと親指に力が入って、投げる時にいいんだよって。ああ、そうなんだと思って。知ってました?」
三谷「初めて聞きました」
西田「…………」
三谷「野球、あんまり詳しくないんです」
西田「…………」

悲しげにうつむく西田
沈黙が訪れる

三谷「……相撲《すもう》はお好きですか」
西田「あまり観ないんです。お相撲、お好きなんですか」
三谷「いいえ、観ません。お相撲の話はこのへんにして」

西田「……『ギルバート・グレイプ』って映画、観たことあります？」
三谷「あ、観ました、観ました。あのお母さん、すごかったですねえ」
西田「すごいお母さんだった」
三谷「小錦《こにしき》の七倍くらいありましたね。あの人、向こうの『びっくりアワー』みたいのでスカウトされたらしいですよ。映画はよくご覧になるんですか」
西田「すごく好きです」
三谷「どんなのがお好きなんですか」
西田「面白ければ何でも」
三谷「洋画を映画館で観てて、たまたま外人の方が隣に座ってたりすると、もうびっくりします、反応がすごくて」
西田「アクション映画とかでも、皆、『イェーイ』とか言う」
三谷「あと、変なところで笑ったりしますよね。日本人に分からないニュアンスとかってありますからね」
西田「そうやって笑うのがまた、快感なんだと思う」
三谷「なんですか、あいつら、わざと大げさに笑ってるんですか」
西田「日本にいるから、よけいにやってるってとこ、あると思う」

三谷「じゃあ、アメリカで観てる時はおとなしくしてるのに、日本の映画館だと、大騒ぎしてるんですか、あの人たちは」
西田「ちょっと大げさに言うと、そういうふうなところもあるかもしれないね」
三谷「そうなんだ……」

ここで、ついに会話が途切れる
気まずい思いの二人
互いに必死に話題を探す

西田「……『バースデーブック』って知ってますか」
三谷「あ、あの。誕生日別の」
西田「そうそう」
三谷「占いとか載ってる」
西田「読んだことありますか、自分の」
三谷「あります」
西田「結構当たってましたか」
三谷「ええと、……覚えてない」

西田「……私の、当たってたんです。テストの時とか、最初だけ勉強して、疲れちゃって、あとはやった気になって。そういうとこあるんです。日本語の本も、漢字の勉強になると思って読むんだけど、最初は辞書引いて調べるんだけど、だいたい五ページくらいしかもたなくて、結局どっかにしまっちゃうの」

三谷「そうですか……」

三谷、窓の外に目をやる

三谷「寒くなりました」

西田「…………」

三谷「そうだ、あれ、観てました、NHKでやってた偉人伝みたいな番組。あれはいい番組だったですね」

西田「いろんな人に『よかったですね』って言われるんです。スタッフもいい人ばっかりで。面白かったのが、画家の特集の時に、キャンバスにみかんの絵を描いてあって、『彼はその当時、未完の画家だった』っていうのがあって、そういう細かいのが結構おかしくてね」

三谷「駄洒落《だじゃれ》っていうのはどうですか。やっぱりアメリカにもあるんでしょうか」

西田「日本ほどではないわね」
三谷「日本でいちばん有名な駄洒落は何だろう。パッと出てこないな。『下手《へた》な洒落はやめなしゃれ』かな……。この話はやめましょう……怒ってないですか」
西田「怒ってないですよ」

にっこりと頰笑《ほおえ》む西田

三谷「お買い物はしますか」
西田「雑貨見るのが好きなんです。お家を建てる時は、こういうテーブルクロスにしようとか、こういうカントリーもいいけど、全部揃《そろ》えないと感じ出ないしとか、いろいろ考えながら見てると、もう飽きちゃって、次の雑貨に……」
三谷「……雑貨、いいですよね」
西田「本当にそう思われてますか？　なんて」
三谷「…………」

思わぬつっこみに、たじたじとなる三谷

三谷「あ、だいぶ前ですけど、あれ拝見しました、テレビで。それを言うの忘れてた」
西田「小澤征爾《おざわせいじ》さんの」
三谷「コンサートの司会。あれもなんか、すごく堂々とされてましたね」
西田「よく言われるの。舞台やってて、すごい緊張してても『堂々としてたね』って」
三谷「落ち着いてる感じがします。ファーストレディみたいですよね。話してても、ついなんか謝ってしまいそうな気がします」
西田「……それってマイナスですよね」
三谷「あ、そういうことじゃなくて、それは僕がいけないんですから。今はだって、そういう人のほうが貴重だと思いますよ。例えば、UFOが来て、人類を代表して誰かが宇宙人と会うとか、よく分かんないですけど、そういうことがあった時に、地球人の代表として、これほどぴったりの人はいないと思います。かわいくて、堂々としてて」
西田「…………」
三谷「たぶんあの、UFOに乗り込む時はドキドキされると思いますけど、端《はた》から見ると、きっと互角に渡り合ってるように見えますから大丈夫です」

壁の時計に目をやる三谷

三谷「なんて話をしている間に時間になってしまいました。……今日は、どうもありがとうございました」

西田「いえ」

三谷「結局、何の話を……あの、本当に怒ってないですか」

西田「怒ってないですよ」

にっこりと頰笑む西田

第四話

手を観る女

人物　日笠雅水〔手相観《み》〕
三谷幸喜

マンションの一室
日笠《ひかさ》の仕事場
小さなテーブルを挟んで日笠と向かい合う三谷
日笠は白のレースのブラウス

三谷「連載も、今回で四回目なんですが、八木亜希子さん、十朱幸代さん、西田ひかるさんときて、やっぱり自分は対談には向いてないいんじゃないかと、最近非常に不安になってきまして」
日笠「はい」
三谷「企画に無理があったんじゃないか、とか、もっと仕事を選んだほうがいいんじゃないか、とか」

日笠「はい」
三谷「ですから今回は、つまり対談というよりは、相談に近い形で」
日笠「わかりました。じゃあ、ちょっと観せていただきましょう」

三谷の手を覗《のぞ》く日笠
慌てて説明を加える三谷

三谷「あ、この染みのようなモノは、生まれた時からあるわけじゃなくて、サインペンの跡なんです。さっき仕事してて付いちゃって」
日笠「お手拭《てふ》きとか用意しますか」
三谷「そちらがご迷惑でなければ」
日笠「全然、大丈夫」
三谷「あと、ここ、皮がちょっと剝《む》けてますけど、ホテル暮らしが続いていたんで、食生活のせいだと思います。それからここにタコが」

じっとみつめる日笠

三谷「……どんなもんでしょう」

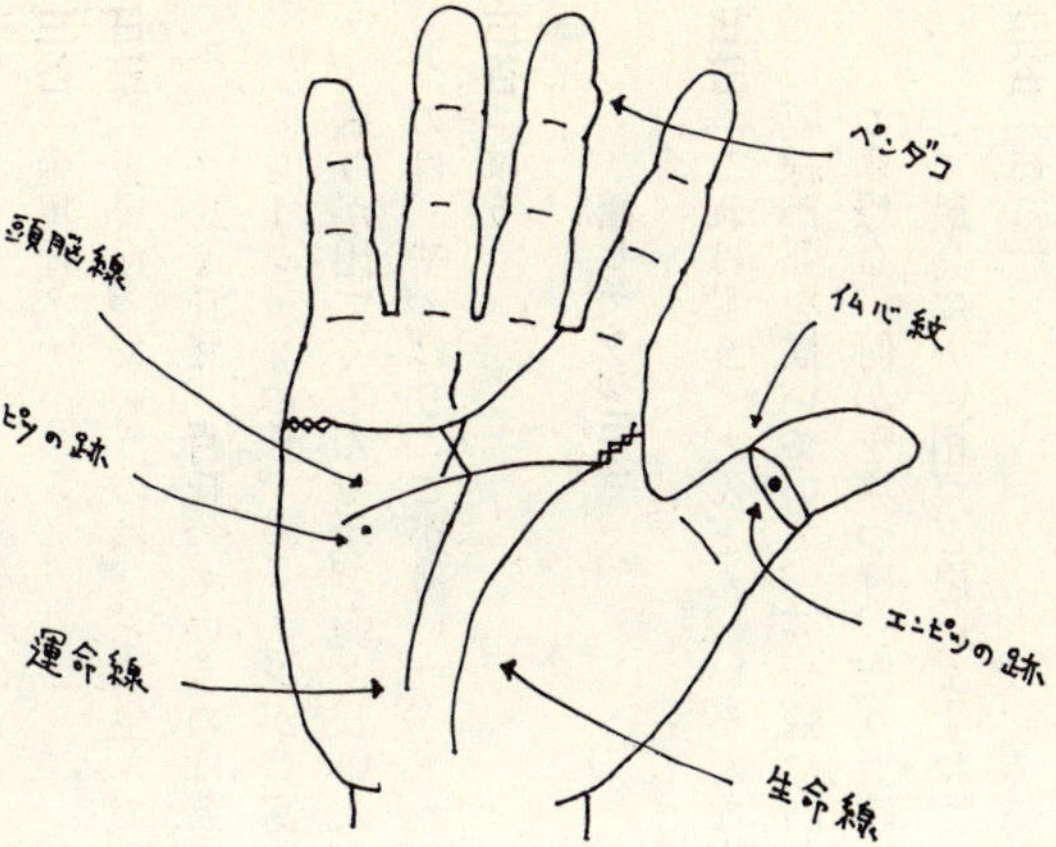
ペンダコ
頭脳線
仏心紋
エンピツの跡
エンピツの跡
運命線
生命線

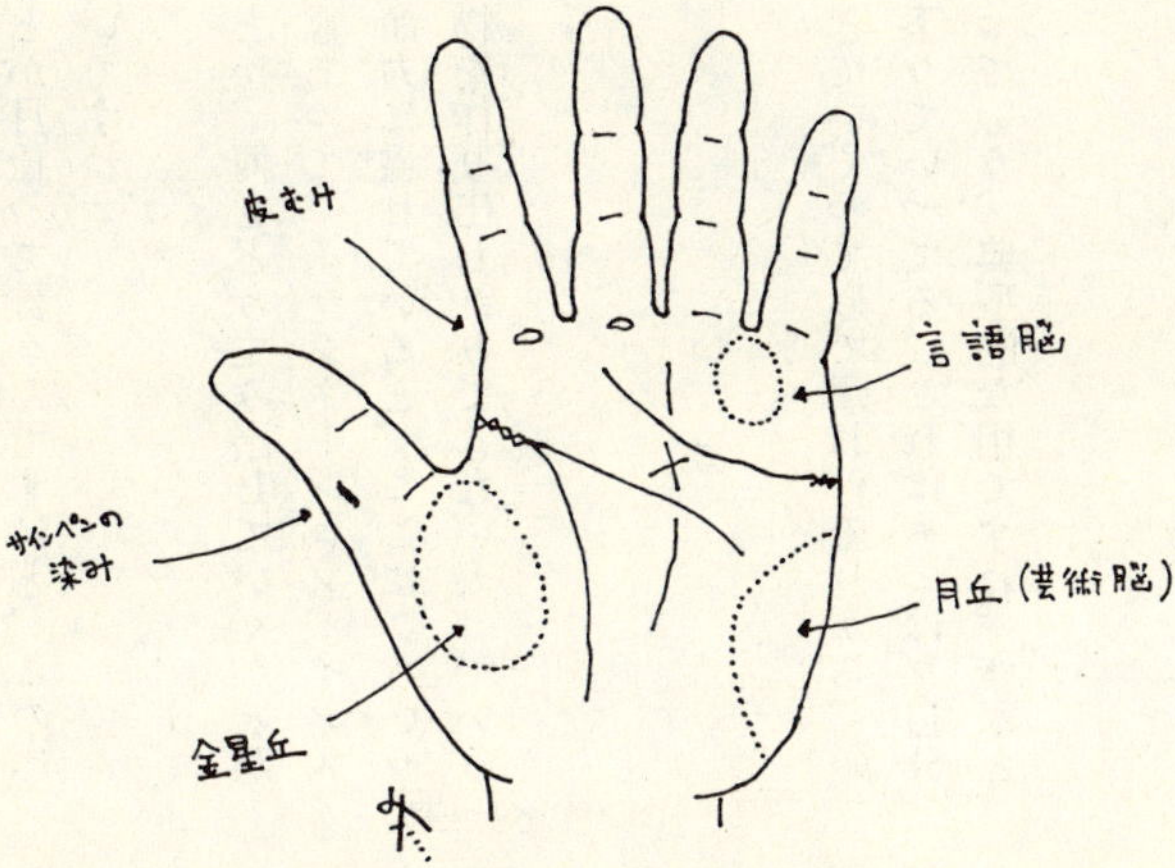
皮むけ
言語脳
サインペンの
染み
月丘（芸術脳）
金星丘
みた…

日笠「うーん、まず何がいいか。これは金星丘とか月丘って言うんですけど、このへんが全部張ってますよね。これ、とてもいいですね」
三谷「金星丘？」
日笠「金星丘っていうのは、どう生きていくかとか、何をどう生み出していくかとかっていう丘で、月丘っていうのは芸術脳でもあって、イマジネーション、インスピレーションの丘。イメージが豊富で、生命力に溢《あふ》れていると、ここにこういう張りが出てくるんです。弱々しい人とか、物を作り出したりできない人っていうのは、やっぱりここが薄い」
三谷「ほう」
嬉《うれ》しそうな三谷
日笠「これはもう、どんどん、いろんな物ができていくって形ですね。それから、頭脳線が弧を描いていて、芸術脳に向かって下りていってる。これはやっぱり自分で夢想し、何かを見つけ、作り上げていくっていう、典型的な相ですね。作家として最高にいい相だと思いますね」
三谷「ほう」

とても嬉しそうな三谷

日笠「あと、これが言語脳です。ここがプクッとしていて、やっぱりこれはもう、言葉の才能がどれだけたくさんあるか」

三谷「普通の人ってこんなになってないんですか」

日笠「ないないない。私なんかなくて困ってます」

三谷「これ、タコじゃなかったんですか」

日笠「違うんですね」

三谷「ここにエンピツを刺した跡があるんですけど」

日笠「ああ、よかったですね、頭脳線外れてて、みたいな」

三谷「頭脳線の上だと、やばかったですか」

日笠「そうですね、相のうえでは、いろいろ言われてるみたいですね。これはなんですか」

三谷「これもエンピツを刺した跡です」

日笠「結構刺してますね」

三谷「小学校の時に」

日笠「ここは、仏心紋といって、やっぱり自分で自分の世界を極めていく人の相です」
三谷「エンピツの跡が、ですか」
日笠「……そうじゃなくて、ここがこう、目の形になってる」
三谷「目の形って」
日笠「ほらここ、関節の内側」
三谷「え、皆、なってないんですか」
日笠「これは念力が強いっていうか、そうなってない人が圧倒的に多いんです」
三谷「しかも僕は黒目が入ってますからね。エンピツの」

有頂天になっている三谷

日笠「そうですね、今の仕事がなければ、お坊さんみたいな生活しているような気がする。あ、ちょっと待って。私、お誕生日を聞いてなかった」

メモ用紙を出す日笠

日笠「お名前と生年月日と年齢をこちらに書いてもらえますか」

ペンを取って書き込む三谷

覗《のぞ》き込む日笠

日笠「うちの弟もコウキっていうんですよ」

三谷「同じ字ですか」

日笠「ううん、親孝行の孝に、世紀末の紀」

三谷「僕のは、相撲《すもう》取りの大鵬《たいほう》から採ったらしいです」

日笠「だから、今までずっと『コウキ、コウキ』と、呼び捨てにして生きてまいりました」

三谷「今、すごくドキッとした」

書き終えてメモを渡す三谷

日笠「三十四歳」

三谷「今年で五になります」

日笠「手相っていうのは、だいたいどこが何歳っていうのが決まっていて、手相のうえでは、ここが三十五で、今、あなたは、手相のうえでちょうどこのあたりにいるんです」

三谷「はあ……」

日笠「そうすると、ここで線が分かれるっていうことは、三十五を過ぎた時に、別の鮮やかな道が始まるということ。新たに自分が『あ、これが天命、天職だったんだ』っていうことが、この歳から始まるっていうことですね」

三谷「ちょっと待って下さい。ということはまだ、始まってないってことですか」

日笠「始まってないです」

衝撃的な事実に呆然《ぼうぜん》となる三谷

三谷「これから新しい仕事を……。気が遠くなりました」

日笠「…………」

三谷「と、いうことは、これからパイロットになるかもしれないってことですか」

日笠「まったく違う職業ではないでしょう」

三谷「そうですか」

ほっとする三谷

日笠「今までの人生は、ある意味では、これはいい意味で、長ーい準備の期間であったように思います」
三谷「まだ準備段階だったのか……」
日笠「三十五の時は、なにか人生、乞うご期待と思っていいんじゃないですか」

三谷の手をじっと覗《のぞ》く日笠

日笠「運命線でいうと、三十のちょっと手前の、二十九歳の七、八ヵ月ぐらいの時に、何か変化が起きてますね」
三谷「二十九歳……なんかあったかな」
日笠「二十三歳から二十九歳の後半あたりまでが、線が薄い時期で、横切る線がたくさんある。心の中で、自分を変えよう、変えようとしながら、なんだか変わり切らなくて、行き場が分からなかった時期」
三谷「そんなことまで分かるんですか」
日笠「それが二十七、八歳のあたりから、まっすぐに線が伸びてるってことは、ここで本当の意味の精神の自立。そして二十七あたりで影響力が入ったものが、二十九あたりで、定まってくる」

三谷「ええとですね、二十七といえば、なんだろう。……思い出せない」

※注

この時は思い出せなかったが、後で冷静になって考えてみると、二十七歳といえば、劇団「東京サンシャインボーイズ」がメンバーを入れ替えて再結成した年。そして、その時集まった役者たち（西村雅彦《にしむらまさひこ》、相島一之《あいじまかずゆき》、梶原善《かじわらぜん》ら）で『12人の優しい日本人』という芝居を作ったのが、二年後の二十九歳の時だった。この作品は劇団「東京サンシャインボーイズ」の出世作となり（後に映画化）、長年にわたって低迷していた観客動員数が、この時を境に、飛躍的に伸びた。恐るべし日笠雅水《まさみ》。

三谷と日笠、ここで一服

三谷「昔、ＹＭＯのマネージャーをなさっていたと伺ったんですが」

日笠「ええ」

三谷「音楽がお好きだったんですか」

日笠「好きだけど、自分に音楽的な才能がない。だから、才能のある、本当に尊敬できる人に付いて、なにか手助けしたいな、みたいな。私は、本当はＧＳが好きだったんですけど、細野さんの音楽を聴いた時に、ぶったまげちゃって。あまりにも面白いんで。で、あまりにも売れてない。こんなすごいことを皆、知らないのかと思って、それでお手伝いを」

三谷「やっぱり最初に手相をご覧になったんですか」

日笠「YMOのメンバー選びの時も、ちゃんと手相を観たんですよ」

三谷「三人の中で、いちばんいい手相をしていたのは？」

日笠「それが、三人とも同じくらい、いい手相だった。やっぱり才能とか、運勢とかも同じレベルじゃないと、うまくやっていけない。細野さんが強力によかったもんで。でも、教授（坂本龍一さん）を観たら、これがもう昇り竜のような、すごい手相で。（高橋）幸宏さんは細野さんが決めて、観たらもう、これがまた、ますかけ相（※注①）で。三人とも同じようによくて、『あ、なるほど、この三人で納まりがつきました、ジャンジャン』みたいな」

※注①
感情線と頭脳線が一本につながって掌《てのひら》を横断し、生命線と接して、ちょうど『て』って手に書いてあるように見える手相のこと。かなりの強運の持ち主で、自分で組織を作り上げ、その中心人物になっていく傾向がある。運動神経やリズム感も発達し、スポーツや音楽の世界でプレイヤーとして活躍していく人も多い（TEXT　BY　日笠雅水）

三谷「その時、僕がいたら、YMOに入れてもらえたでしょうか」
日笠「…………」

どう答えて良いのか分からず、思わず絶句する日笠

日笠「……YMOの三人の手相が、何が同じかっていったら、これからバーンッていう何か勢いがあって。……あなたは今、安定期の中で、新しい何かが確立される時期だから、それはどうでしょうか」
三谷「駄目か」
日笠「もちろん、これだけの相だから、ぜひ一緒にって言うだろうけど」
三谷「でも、YMOには入れなかったと」
日笠「いやいや……」
三谷「ちょっと妬《や》いちゃいますね、教授に」
日笠「爪《つめ》、観せてもらえますか」

手を裏返してみせる三谷

三谷「不健康なんです」

日笠「すばらしい健康体ですね、これは」
三谷「え……」
日笠「爪の色艶《いろつや》も、あと、ここのお月様。半月の出方も、これはバッチリ」
三谷「健康ですか……自分では病弱のつもりでいたんですが」
日笠「とっても健康。ストレスも感じられませんね」
三谷「いや、結構ストレスは溜《た》まってるような気がするんですけども」
日笠「自分ではあるように思ってらっしゃるかもしれませんが、全然」
三谷「ないですか」
日笠「大丈夫みたい」
三谷「……本当言うと、マッサージやカイロプラクティックに行くと、必ず言われるんです。これほどストレスの溜まってない人も珍しいって」
日笠「若い時期、二十七くらいまでにさんざん自分を哲学してきて、なんかふっきれちゃったみたいね。もう何があってもへっちゃらみたいになってて。なんか全く大丈夫みたいですね。全然悩んでなんかいないって言ったら失礼かもしれないけど」
三谷「悩みはあるんですけど……人と接するのが億劫《おっくう》だったりするのは」

日笠「それは誰だって億劫ですよ」

三谷「克服するようなことは、できるんですか」

日笠「克服したいんですか」

三谷「そうですね、結構淋《さび》しがり屋でもあるので」

日笠「人と接するのが苦手と思っている間は、苦手なんですよね」

三谷「パーティとかで社交的になれないんです」

日笠「克服しようと思わなくていいんじゃないかしら」

三谷「はあ」

日笠「相から観ると、もう克服の歴史は通り過ぎてるように思えるんです。今、気になさっているようにおっしゃるけど、実はもう抜け切ってて、ずいぶんヘッチャラ気質なんじゃないかと、私は思うんですけどね」

三谷「……そうかもしれません」

日笠「いいんじゃないですか、それで」

三谷「これだけいいこと言われて、今さら聞くのもなんなんですけど、その、手相っていうのは、占いの中ではどのくらい当たるほうなんですか」

日笠「私は占い師ではないですから、よろしくね、なんて」

三谷「あ、すみません」

日笠「私にとって手相を読み取るっていうのは、一種の天気予報みたいなものなんですよ。手相はいくらでも変わるから」

三谷「変わるんですか」

日笠「どんどん変わります。ネガティブなことに意識をとらわれていると、横切る線が出て、横切る線があると、前に伸びる線が薄くなってくる」

三谷「子供の頃に、生命線を伸ばそうと思って、ずっと意図的にニギニギしてたんですけど、それは」

日笠「すごくいいと思います。とてもいいと思います。手相は変えられるから好き。星座なんかも、すごいデータ使って、やるな、と思うけれども、変えられないのが嫌だ」

三谷「手相は天気予報なんですね」

日笠「やっぱり私は、運勢とか人生っていうのは、自分の考え方とか、心の状態で、いくらでも変えられるっていう、それが言いたいのね。だから当てるっていうより、警告。このままいくと、こっちの方角に行っちゃいますよ、みたいな。ああ、ここで気が付いてよかったって、心のハンドルを切り直せば、他の道に行くわけだから」

三谷「……不思議ですよね、手相っていうのは。どうして掌《てのひら》だけにこういうものがあるんでしょう。足にもちょっとありますけど」

日笠「ああ、足相も深いらしいんですけどねえ。でもイヤだ、足相観るの」

茶目っ気たっぷりに笑ってみせる日笠

第五話

走る女

人物　桃井かおり［女優］
三谷幸喜

日本料理屋

懐石料理を前に、向かい合って座る桃井と三谷

桃井は、布違いのストライプをほどこした凝ったデザインのシルクのブラウス

桃井は少し酒も入っている

三谷「古い話になりますけど、『古畑（任三郎）』の時は、どうもありがとうございました」

桃井「ありがとうございました。すごい面白かった。あれ、すごいよかった」

三谷「僕もビデオで観返して、ああ、結構面白いなって」

桃井「（田村）正和ちゃんて、いいですよねえ。私ね、正和ちゃんに会うとね、あがっちゃうんですよ。なんかおちょくれないものがありますよね、あの人には」

三谷「直接話したことは、数えるくらいしかないんですけど」
桃井「台本《ホン》をね、最初読んで。すごい面白くって、『えーっ、なにこれ』って。で、収録中に第一話、マチャアキさんの回が始まって」
三谷「歌舞伎《かぶき》役者が犯人の回」
桃井「あれも、すごく面白くなかった？　ねえ、茶漬け食うっていうのが」
三谷「はい」
桃井「あれ、笑った笑った」
三谷「桃井さんの回の時は、絶対桃井さんがいいって、関口プロデューサーにお願いしたんです」
桃井「あらま、ありがとうございました。でも私のあのDJのイメージは、ちょっと違ったでしょう」
三谷「結構、昔の深夜番組みたいになってましたね」
桃井「古ーいタイプ。古ーいタイプの人になっちゃったのね。古ーいタイプ。『もうあなたにクギヅケよォ』みたいな」
三谷「女優さんて、情け容赦ない殺人犯みたいのって、あんまりやりたがらないというのがあって、台本《ホン》読んでもらって断られたりするんですよ」

桃井「え、そうですかぁ」
三谷「でも桃井さんなら、絶対やってくれるだろうと思って」
桃井「うん、絶対やりたい」
三谷「期待どおりというか、殺し方もすごかったですね。『痛い？』なんて言いながら、何回も殴ってましたよね」
桃井「素敵だった？」
三谷「あんなの全然台本《ホン》にないのに、よくここまでやってくれたって。あと、局内の廊下を全速力で走るところがよかったです」
桃井「あれ、嬉《うれ》しくて」
三谷「走るの、お好きなんですか」
桃井「陸上部だったんで」
三谷「へえ」
桃井「似合わないでしょう。うん、ハードルだったのね。でも、そういうなんか動きのいい役って来ないんですよ、モヤっとしたのしか。だから台本《ホン》読んで、嬉しかったです」
三谷「今日は『古畑～』の話題があって、とても助かってます」

桃井「助かった？」
三谷「普段は、何の話題もないですから。しょっぱなからこんなに話がはずむっていうのは、空前絶後かもしれません」

目の前の魚料理に手をつける桃井

桃井「あ、このお魚、おいしい。もういきました？」
三谷「いただいてます。これはサバ？」
桃井「ムツかな。銀鱈《ぎんだら》って感じの」
三谷「魚、子供の頃、ちょっと食べられなかったんですよ」
桃井「あ、そう。顔、ついてなくても？」
三谷「ええ、昔、この先に顔があったと思うともう、食べられない。しらす干しとかも駄目だったんです。目がなんか……。今は畳イワシも平気で食べますけど」
桃井「すごいね、それ。今、畳イワシも食べますって。あれ、畳イワシ。よくみるとペチャンコになっているんだもん」
三谷「すごいですよね、改めて考えると」
桃井「私なんかもう、そんなことといったら、アフリカでシマウマも食べちゃったし、カバも食べちゃってるけど」

三谷「カバはどうやって食べるんですか」

桃井「ボンゴ雑炊《ぞうすい》って、カレーみたいなもの。カレー粉の入ってないカレー。シチューっていえばいいのか。シチュー」

三谷「どんな感じでした？」

桃井「おいしかったんですよ、それが。悲しいでしょう、おいしいっていうのが。この間、アフリカに一カ月、ゴリラに会いに行っていたんですけどね。森を六時間くらい歩いて、ゴリラに会って、その時、森をこう、枝なんか切って、道を作ってくれる人がいて、現地の人なんだけど、その森に住んでたっていうのね。それで、彼に、『森に住んでたって、どういうことなわけ？』なんて聞いて。『どうやって暮らしてたわけ？』なんて聞いたの。『森の生き物を捕って、お料理して……』『どういう風にクックするわけ？』『焼く、蒸す、炒める』なんて、教えてくれるわけね。で、『シカとかそういうこと？』そしたら『森にいるものは全部食べる』って。『じゃあゴリラも食べるわけ？』って冗談で聞いたら、『ゴリラはうまいよ』って。その時になんかね、ショックなんだけど、一緒に森なんかこう、九時間とかがんばって歩いていると、私も食うなゴリラ、って気持ちになってきちゃうのね、なんか」

三谷「はあ……固そうですね、ゴリラは」

桃井「なんかね、牛に似てるんですって。で、『ゴリラって、本当に人間に近いんですね』みたいなレポートしなきゃいけない時に、私ったら、『美味《うま》いかもしれない』、と思っちゃったわけで。こわいでしょう」

三谷「今もゴリラ食べてるんでしょうか」

桃井「もう食べちゃいけないでしょう」

三谷「でも昔は食べてたんですね」

桃井「でも、アグネス・チャンだって、鳩、見たりすると、『アラ、美味《おい》しそう』とか言ってましたから。ね、ヒューマンなアグネス・チャンがさ、鳩見て、『美味しそー』って」

三谷「食文化は様々ですからね」

と、料理をつまむ二人

いつになく話がはずみ、満足気な三谷

桃井「どういう基準なんですか、私がゲストに選ばれたのは」

三谷「どうせ、対談するなら、できるだけ怖い人っていうか」
桃井「それは、対談以外では私とは会いたくないってこと？　ねえ、ヤダ」
三谷「いえ、どうせ緊張するなら、より緊張する人というか……言葉にならないけど、そういうことです」
桃井「田村さんとか、（松本）幸四郎さんは、あがらないんですか」
三谷「全然ダメですね。というか、ほとんど話なんかしないですから。会うことない」
桃井「なんかいいですよね、田村さん。普通に話していても、食い違っていくのがたまらなくて。飛んじゃってますよね」
三谷「ええ、まあ……」
桃井「撮影の時に、私のほうがいくつかシーンが残ってて、田村さんだけ先に終わっちゃったんで、田村さんに、『えっ、最後までいないんですか』って、言ったんですね。『なにぃ、帰っちゃうわけぇ』って。で、花束なんかくれるから、『花なんかいいからさ、飲もう』って。そしたら田村さん、真面目《まじめ》な顔で、『あんまり飲まないんだよ、外では』とか言ってて。『じゃあいい、あなたのお家で飲もう』って。私、田村さんち、知ってるのよね、どーいうわけか。『十二時前に終わったら私、行くわ』って。そしたら、本当にしばらく悩んでましたから」
三谷「かわいそうに」
桃井「しばらくしたら、『いや、でも十二時っていうとね、うちは、普通の家だから』って、美しい眼差《まなざ》しで。どうもおちょくれないというか軽口たたけないです」
三谷「充分おちょくっていると思います。田村さんを、それだけおちょくれる人はあんまりいないんじゃないでしょうか」
桃井「正和さんの中でも『古畑〜』は、最高だな。なんだか、自分で田村正和を遊んでる感じで。自分で自分を演じられるくらいおちゃめな？　なんかこう、大人？役者として余裕ありますよね」
三谷「桃井さん、昔、NHKで『天下堂々』に出てらっしゃいましたよね。すごいファンでした」
桃井「『天下堂々』ね、お百姓さんの娘でね」
三谷「お桃ちゃんていうんですよね、役名が」
桃井「あれ、病気で途中で出られなくなっちゃったんですよ」
三谷「後半、秋吉久美子さんになって、子供ながらにとても残念だった」
桃井「いくつだったんですか」

三谷「小学校の五年です」
桃井「『天下堂々』の時、小学生だったんだ。……そんなことないと思う。私、十九過ぎてましたもの」
三谷「いや、間違いないです。あのドラマに出ていた村上不二夫《ふじお》さんという役者さんのお嬢さんが、小学校の同級生で、お父さんのサインをいただいた記憶がありますから」
桃井「今、いくつなの」
三谷「三十四です」
桃井「あ、そうか……ヤダヤダヤダァ」
三谷「『天下堂々』は本当に好きで、あれを観て育って、ああいうドラマを作りたいと思って、今、こういう仕事をしているって感じです」
桃井「あ、本当。そんなの（早坂）暁《あきら》さんに言ったら喜んじゃう」
三谷「あと、火曜サスペンスで女検事のシリーズをやってましたよね。あれも観てました。今は違う女優さんが」
桃井「あれはね、原作あるんですけど、よく考えるとなーんも解決してないのね。だから現場でトリックを考えたりしてて」

三谷「えっ」

桃井「現場で考えるんです。でも、その場で考えることなんてろくなことないわけだから、だんだん情けなくなってくる。それで十年くらいやっちゃったもんだから、もう限界だし、ちゃんとしたトリックのある台本《ホン》にしてもらえないかって、頼んだんですよね、スタッフに。そうしたら、『こっちはただの二時間ドラマを撮《と》ってるんだから』って。『いいドラマ作ろうとか思ってないから』って言われたんです、本当に」

三谷「そんなこと」

桃井「言うんです。そいつも偉いと思ったんだけど。それじゃやめますって、なって、そこが桃井かおりの甘いところで、まさか他の女優で続けるとは思ってなくて、しかも同じくらいの視聴率とってるんだって。この間、昔のスタッフに会ったら、『それが数字がとれてるのよ、おかげさまで』なんて言われて、がっくりしちゃったんです」

三谷「そうですか。なんで替わっちゃったんだろうって不思議に思ってたんですけども。ああ、そうなんだ」

桃井「風呂敷《ふろしき》の結び方が、謎解《なぞと》きのヒントになるとか、いろいろね考えたりして大変でした」
三谷「それは桃井さんが考えたんですか」
桃井「もう。あれ、三谷さんがいてくれたらねェ〜〜〜」
三谷「でもそのわりにはよくできてましたよね。やっぱり現場の執念みたいなものが……」
桃井「そう？」
三谷「星由里子さんが犯人で、全裸で走り回るシーンとか、目に焼きついてますけどね」
桃井「あれはなんか、撮ってる最中に監督が死んじゃったんです」
三谷「さんざんですね」
桃井「なんかいろんなことがあって。……『古畑〜』は、原作なくて、トリックも考えてるんですか」
三谷「推理作家じゃないんで、もう毎回大変です。ゲストの役者さんが決まって、この人にはどんな犯人をやらせようかってとこから始まるんですけど、普通のドラマだったら、そこからストーリーを考えればいいんですけど、『古畑〜』の場合は、その前にまず、事件を考えなくちゃいけないから、撮影現場、見に行けなくてすみませんでした」

桃井「どっかで会えないかと思って待ってたんですけどね。今日は会えて、よかったです、ホントに、もう」

三谷「『古畑〜』の話はこれくらいにして」

桃井「はい。たとえば、話が決まるでしょう。今度の事件は将棋の話でいこう、とか、精神科医だとか、歌舞伎《かぶき》俳優だとか。普通は、それからキャスティングになりますよね。だいたい役者をイメージしてるんですか」

三谷「ずっと劇団で、当て書きというのをやってきたんで。まず役者さんがいて、次はどんな役にしようか、ってそういう考え方をしてきたんです。だから、今も俳優さんが先に決まっていたほうが書きやすいですね」

桃井「私の場合は、桃井かおりが走るということに賭《か》けてみたわけですね」

三谷「イメージを裏切ってみようと思ったんですけど。〝走る桃井かおり〟で」

桃井「まさか、陸上の女だとは思わなかったでしょう。本当に速かったでしょ、私」

三谷「ハードルっていうのは、あれ、倒して走ってもいいんですよね。なんだかどんどん倒していけば、もっと速く走れるような気がするんですけど」

桃井「…………」

三谷「たとえば、ずずずっと押してってもいいんですか」
桃井「えっ、持って走るってことですか？」
三谷「ゴールに全部溜《た》まってもいいんですか」
桃井「………」
三谷「なんかいちいち飛ぶほうが時間がかかるような気がするんですけど」
桃井「……『古畑～』は……ごめんなさい、また『古畑～』の話だけど」
三谷「どうぞ」
桃井「最後にさ、古畑と犯人が話す情緒シーンが、必ずあるじゃないですか。あれいいよね」
三谷「ありがとうございます」
桃井「事件があって、トリックがあって、それでちゃんと情緒みたいなのもあって。その上、友情とかやるんだから、大変でしょ」
三谷「もともとミステリーは好きだったんで、楽しいことは楽しいんですけど。ハードルは、どれくらいの記録を持ってるんですか」
桃井「全然、そんな、記録なんてないんです。ハイ、やってたっていうだけで。……『古畑～』は、あれ。犯人のキャラクターが、犯罪のトリックと結びついてるのが、すごくよくて」

三谷「正味四十五分しかないし、あんまり事件の背景とか描けないんで、逆に犯人のキャラクターを、事件で表現するしかないんです。百メートルは何秒くらいで走るんですか」

桃井「いや、本当にもうどうってことないんで」

ビールを一口飲む桃井

じっとその様子を見ている三谷

桃井「お酒だめなんですよね」

三谷「ええ」

桃井「煙草もお酒も飲まないっていうことは、どういうことなんでしょうか。グレたことがない？」

三谷「……あの、たいへんな優等生でここまで来た、というか……、だから逆にわかんないんですよ。みんな煙草、いつ吸うようになったんだろう、って。僕の人生の中で、そういう、煙草に自分が近づいた瞬間というのが一回もない。最初はなんで吸い始めたんですか」

桃井「私はね、文学座に入って、みんなが煙草吸ってたんで、それであわてて、訓練して吸えるようにしたんですね。セブン・スターで。忘れない。で、お酒は、やっぱり初めて映画に出た時に、なんかもう、みんなにギャーギャー言われて。だって、石橋蓮司《れんじ》さんとかそういうグループだったんで、最初が。それで、『実存ッ』とか言われて、『実《じつ》をかけてここにいるか！』とかなんかいろいろ言われながらね。それで、なんか新宿のハーモニカ横町で、チューハイを飲めるようになんなきゃ駄目だっていう。家を出て、新宿へ出て、チューハイを飲めるような女になれ、とか言われて。家を出てむりやりチューハイを飲めるようにしたんです。だから、本当にね、グレてみたいなと思ったの、三十過ぎてからですよ。三十過ぎて、悪さの限り、やってみたいなと思って」

三谷「遅かったんですね」

桃井「ハイ、だって私、風紀委員で、生徒会役員三年やってた女で。陸上やって、クラブが茶道部で。これはもう駄目でしょう。子供の頃、悪いことしたことなくて、憧《あこが》れたりはしなかったんですか、その悪い子たちに」

三谷「いや。子供の頃から危険なものには近寄らないタイプだったので。ジャングル・ジムとかも遠目で見てるだけだったんですよ。だからそういう……」

桃井「見て、一人で……」
三谷「バカな奴《やつ》らだな、って」
桃井「やっぱりね」
三谷「だからあんまり悪い世界には足を踏み入れなかったんですけど。これからはわからないです」

三谷、手元のウーロン茶をぐっと飲み干す
桃井も、ビールを一気に飲む

三谷「……大晦日《おおみそか》は、いつもどうされてるんですか」
桃井「大晦日は絶対、仕事入れないで、家でもう二十二年。ずっと守りきって」
三谷「ご家族と過ごされるんですか」
桃井「そうですね。で、元旦《がんたん》の日に、まあ親戚《しんせき》が来たりとかするでしょう。それで二日目くらいから、近くの、私の友達のオカマ、それから離婚しちゃった男、そういうのが集まって、それでだいたいそのメンバーで初詣《はつもうで》に行ってるんです。ここ何年もそれですね。『古畑〜』は、あと何本くらい書くんですか」
三谷「今のシリーズは、あと二本残ってます」

桃井「台本《ホン》屋さんが、いちばん作業の辛《つら》い仕事だと思う。台本《ホン》を書くのって、一人でしょう。現場は共有しないでしょう。それにいちばん責任があるし、頼られて、台本《ホン》がないと始まらないから、皆が待ってるし」

三谷「だから番組の打ち上げに行っても、なかなか入りこめないんですよ。知らない人ばっかりなんで」

桃井「『古畑～』の打ち上げ、私すごい行きたかったんですけど。どうしてもスケジュールが合わなくて。行きたいわ、行きたいわって騒いでたんですけどね」

三谷「こんなに『古畑～』で喜んでいただけるとは思いませんでした。今日はどうもありがとうございました」

桃井「いいですよね、『古畑～』は」

第六話

ボサノヴァ好きの女

人物　鈴木蘭々［タレント、歌手］

三谷幸喜

喫茶店の二階
並んで座る鈴木と三谷
鈴木は、白いタートルネックのセーターに耳あての付いた帽子を被《かぶ》っている
なぜか今回は、月刊カドカワ編集長の杉岡氏も同席している
いつにも増して緊張気味の三谷
黙って食い入るように三谷を見つめる鈴木

三谷「毎回言ってることですけど、対談、苦手で。人見知りするんです」
鈴木「…………」
三谷「だから、全然嚙《か》み合わない時もあるんですけど、まあ、そういう人間が、様々な人に出会うことによって、やがて素晴らしい対談の名手になる、というのがこ

の連載の目的で」

厳しい表情で聞き入る鈴木

三谷「だから、無理に嚙み合う必要もないんですけれども、あんまり嚙み合わないのもなんですので、ちょっとだけお話をさせて下さい」

しっかりとうなずく鈴木

鈴木「分かりました」
三谷「……僕は今三十四歳なんですけれども、そもそも三十四歳の人間についてどうお考えになりますか」
鈴木「三十四歳ねえ。……三十四歳っていうと」
三谷「一九六一年生まれ」
鈴木「なにどしですか」
三谷「丑年《うしどし》」
鈴木「なるほど」
三谷「結構年配っていう印象でしょうか」

腕を組んで考える鈴木

鈴木「うーん」
三谷「同世代っていう感じですか」
鈴木「同世代ではないですけど、やっぱり人は見た目なので」
三谷「…………」
鈴木「見た目と内容ですね、はい」
三谷「……どう解釈すれば」
鈴木「三十四歳には見えませんね」
三谷「それはいくつくらいに見えるということですか」
鈴木「もっと若く見えます」
三谷「若くですか？」
鈴木「三十二とか」
三谷「…………」

コーヒーを一口飲む三谷

三谷「……以前、『ジャングルTV』にゲストで出てらっしゃるのを拝見したんですが、出演者の方を次々にモノに例えてたじゃないですか。あれには結構、感銘を受けました。関根（勤）さんを『靴』に例えたりとか」
鈴木「あはははは、靴っぽいですよね、関根さんて」
三谷「峰（竜太）さんの『コーン』というのも、シュールで面白かったですけど」
鈴木「コーンね」
三谷「僕は何に例えられるでしょうか」
鈴木「うーん」

じっと三谷を見つめる鈴木
かなり長い時間があった後——

鈴木「二つ候補があるんですけど」
三谷「お願いします」
鈴木「栗」
三谷「……もう一つは」
鈴木「メロン」

三谷「いずれにしても食べ物関係ですか」

鈴木「うーん、難しいですね。でも人間に近いですね。人間に近くない人もいるんですよ、会った瞬間から」

三谷「見てすぐ閃《ひらめ》くんですか」

鈴木「どっちかっていうと、モノっぽかったりとか」

三谷「モノ……。食器とか」

鈴木「うん、前、連続ドラマをやってて、スタッフ全員をモノに例えて、電球とか一升瓶とか、あだ名付けて、クッとかって笑っていたんですけどね。『あっ一升瓶が歩いてるっ』とか」

三谷「……『ポンキッキーズ』の話をしてもいいですか」

鈴木「はい」

三谷「僕はいつも朝、仕事をするんで、『ポンキッキーズ』はよく拝見させていただいてます」

鈴木「はい」

三谷「それが言いたかっただけで」

鈴木「………」

三谷「何の話をしましょう」
鈴木「どこへ行っても、皆、大人なのに『ポンキッキーズ』観てるんですよね」
三谷「ちょっと前ですけど、ガチャピン、ロック・クライミングやってましたね。あれはすごいと思いました」
鈴木「ガチャピンはすごいんですよ。海とかも潜っちゃったりして」
三谷「潜りますよね。あと、空も飛んでなかったですか」
鈴木「ええ、なんでもやるんです、ガチャピンは」
三谷「あれはシリーズなんですか。ガチャピンの挑戦というのは」
鈴木「限りなく人間に近い、ガチャピンです」
三谷「しかしロック・クライミングはすごかった。登り切った時は観ていて泣きそうになりました」
鈴木「スノーボードとかもやっちゃうんですよ」
三谷「スノーボード……。中に入る人を替えれば、なんでもできちゃうのがすごいですよね」
鈴木「スノーボードができて、ガチャピンに入ってくれる人を探すわけですよね」
三谷「だから小説家が入れば、小説も書けるようになる」

鈴木「書けるガチャピンも、OK。どうです、入ってみるっていうのは」
三谷「そうですね……」
鈴木「ドラマとかで『脚本・ガチャピン』とかなってたりして」
三谷「よっぽど時間があったら、やってみたいですね」

沈黙が訪れる

三谷「もうちょっと、なんか話をしましょう」
鈴木「なんの話をしましょう」
三谷「お好きな食べ物は」
鈴木「ケチャップが好きなんです。ケチャップがあればなんでも食べられますね。豆腐もケチャップで食べられるし、ご飯もケチャップで食べられる」
三谷「イタリアンて感じですね」

沈黙が訪れる
お互い、共通の話題を探そうと模索し始める

鈴木「三谷さんの資料に、すごい屈折した幼少時代って書いてありましたけど、屈折

してたんですか」
三谷「優等生だったんで、自分がヒーローと思い込んでたところがありましたね。『オールマイティな小学生』みたいな。作文とかでもどういうものを書けば先生が喜ぶかちゃんと分かってて、セオリーどおりに書くんですよ。もし、自分の子供がそんな子だったら、もう、勘当したくなるような感じです」
鈴木「私は、反対でしたね。よく先生と闘ってましたね。小学校の作曲コンクールで、『ラッコチビッコ』っていうのがあって、歌詞は付いてるんですよ。それにメロディを乗せるんですけど。賞を獲《と》った男の子は、流れるようなメロディを作ったんですよ。『♪ラッコチビッコ、空見てるぅ、平たいおなかで空見てるぅ』って。でも私は、これが賞を獲ると、ＮＨＫで流れるって聞いたんで、ピアノアレンジじゃなくて、オーケストラアレンジだと思ってたんです。だから、私の曲は、頭の中では、スタッカートが入っていて、『♪ラッコ（タカタッ）チビッコ（タカタッ）、そーらーみーてーるー（タッタタラッタタ）」
三谷「それをどう表現したんですか」
鈴木「なかなかできなくて、先生もそこまで考えているとは思わないし。ピアノでやると地味なんですよ。ピアノでやっちゃいけない曲だったんですよ、私のは。まんまと賞は逃しましたけど。きっとだから、その賞を獲った男の子は、頭がよかったんですよ」

三谷「ツボを心得ていたんですね」

鈴木「これがウケるだろう、というのが分かってたんですね」

三谷「それが僕です」

鈴木「…………」

三谷「趣味はなんですか」

鈴木「ふふ……」

三谷「テレビでは、『料理といえば蘭々《らんらん》』とおっしゃってましたが」

鈴木「料理は駄目ですね。正確には、『料理やらせて、失敗を楽しむなら蘭々』です。趣味は音楽鑑賞ですね」

三谷「どんなジャンルが、お好きなんですか。といっても、僕は、音楽は全然駄目なんで、たぶんここから話は広がらないと思うんですが、一応」

鈴木「なんでも聴くっていっちゃ聴くんです。駄目なジャンルを言ったほうがいいかな。分からないのは、レゲエとヘヴィメタ。理解できないんです」

三谷「ああ、僕もちょっと分からないな」

ようやく意見が合って喜ぶ三谷

鈴木「ボサノヴァは、私、好きです」

三谷「…………」

腰を折られてガックリくる三谷

鈴木「なんで理解できないんです？」

三谷「（焦って）ボサノヴァ？　ボサノヴァだったっけな。……あ、ボサノヴァは好きなんです。嫌いなのはあれ。ええとね、ほら、ふにゃけたヤツがあるじゃないですか」

鈴木「ふにゃけたヤツ」

三谷「レゲエじゃなくて、えーと、（しどろもどろになって）タンゴでもなくて、ルンバじゃなくて。ルンバってどんなのでしたっけ」

鈴木「ルンバは弾んだ感じです」

三谷「弾んでますよね。ええと、ルンバじゃなくて、こういうヤツなんですよ。♪タッタタ」
鈴木「サンバ？　違う？」
三谷「ふにゃけたサンバのことはなんて言うんです」
鈴木「ふにゃけたサンバ……」
三谷「パンチの効いてないサンバのことは何て言うんです」
鈴木「分かんないなあ。サルサ？　違うなあ」
三谷「♪タッタタ。……心の中に浮かんでいるメロディを人に伝えるのは、とても難しいし、恥ずかしいです」
鈴木「分かります」
三谷「♪タッタ、タッタ、タッタタ」

たまりかねた編集長の杉岡氏が、遂に口を挟む

杉岡「それはボサノヴァです」
三谷「ボサノヴァですか」
杉岡「今のメロディは、『マシュ・ケ・ナダ』です」
三谷「え、なんていうヤツですか」

杉岡「『マシュ・ケ・ナダ』」
三谷「『マシュ・ケ・ナダ』……どんな歌ですか」

朗々と歌い出す杉岡

杉岡「♪タッタ、タッタ、タッタタ、タッタ、タッタ、タッタタ」
三谷「あ、それです。それ、大嫌いなんです。お好きですか」
鈴木「そんなに嫌いじゃないですね」
三谷「あれは『マシュ・ケ・ナダ』っていうんですか。(杉岡に) どういう歌なんですか。何を歌った歌なんですか」
杉岡「セルジオ・メンデス&ブラジル'66」
三谷「セルジオ・メンデス。なんか魂が伝わってこないんだよなあ」
鈴木「あれは、魂を伝えるとか、そういう歌じゃないんじゃないですか」
三谷「そういう意図で作った歌じゃないということですか」
鈴木「弄《もてあそ》んでいるって感じ。コードを転がす感じじゃないんですか」
三谷「なんか、ぬるま湯に浸《つ》かってるって感じが抜けきれないんですよね。ボサノヴァはお好きなんですか」

鈴木「ええ、落ち着くし。晴れの日とかはそういうのも好きだな」

話題に窮した三谷、ここで遂に切り札を出す

三谷「枝豆が大豆ということはご存じですか」
鈴木「はい」
三谷「えっ……」
鈴木「枝豆が大豆だっていうのは、分かります」
三谷「分かりますか」
鈴木「分かります」
三谷「初めて会いました。そういう人に」
鈴木「私、『美味《おい》しんぼ』読んでたんで」
三谷「『美味しんぼ』に出てたんですか」
鈴木「ええ」
三谷「十朱幸代さんはご存じなかったんですよ。この対談で教えてあげたんです。枝豆は大豆で、枝豆と納豆と豆腐は、全部同じものだって。だから豆腐にお醬油《しょうゆ》かけて食べるということは……」

鈴木「大豆に大豆をかけてるんです」

三谷「そうなんですよ。初めてその事実を知っている人に会いました。西田ひかるさんも知らなかったんです」

鈴木「あまり気に留めないですからね」

三谷「モヤシも大豆なんですよ」

鈴木「モヤシもね、はいはい」

三谷「これもなかなか信じてもらえないんです。枝豆とモヤシが同じものだっていうことを」

鈴木「でも不思議ですね。どういうふうに生やすのかしら。モヤシを作るまでの過程が分からない」

三谷「なんか昔、映画で、大豆をどこか、インドかどこかから日本に船で輸入する話で、それがシケに遭って、かなり予定より遅れて日本に着いて、船の倉庫を開けてみたら、全部モヤシになっていたっていうのを観たことがあります」

鈴木「じゃあ、勝手に芽が出るんですか。暗いところとか、ジメジメしたところとかで」

三谷「そう、僕は解釈をしているんですけど」

鈴木「キノコみたいに？」
三谷「それを育てていくと、やがてモヤシの木になり、枝豆になる。なんかとても嬉《うれ》しいな。会えてよかった。この連載やっててこんなに嬉しかったゲストは初めてでした」

第七話

笑う女

人物　林家パー子［タレント］

三谷幸喜

ホテルのラウンジ
向かい合って座るパー子と三谷
パー子は、目も覚めるようなピンクのベルベットのパーティドレスをまとっている
金ラメが美しい
アクセサリーもすべてピンク
三谷「ええと、お会いしたかったのには理由があって」
パー子「はい」
三谷「かなり前なんですけど、偶然この店でお見かけしたことがあったんですよ、パー子さんとペーさんを」

パー子「えっ」
三谷「僕がテーブルで原稿を書いていたら、隣のテーブルにお二人がいらっしゃって」
パー子「なんか言ってました？」
三谷「聞かないようにして、聞いてたんですけど、どこかお仕事に行かれた帰りかなにかで」
パー子「その時、この洋服着てませんでしたか？　ギャハハハハハハ。一度、これ着てここに来たことあったっ」

大はしゃぎのパー子に唖然《あぜん》となる三谷

三谷「……そういえば、こんな色でしたね」
パー子「まあ、いつもピンクですけど、キャハッ」
三谷「続けますと、その時、なんか反省会みたいなことをされてて。ぺーさんが、『笑いとはこういうもんだ』みたいなお話を。『ああいうことじゃダメなんだ』とか、『あれじゃお客さんの心は摑《つか》めない』とか」
パー子「まあ」

三谷「それを一生懸命聞いているパー子さんがいて。もうテレビのイメージと全然違ってたんです。ああ、この人は旦那《だんな》さんを尊敬しているんだなあ、なんて素敵なご夫婦なんだろうって」
パー子「そうなんですかっ。まあまあ、ありがとうございます。アラ、ハナが出てきちゃった。アハッ。ちょっとハナが」
三谷「大丈夫ですか」

ハンカチで鼻を押さえるパー子

パー子「失礼しました。その節は、ご挨拶《あいさつ》もせず」
三谷「とんでもないです。ご結婚されてどのくらいになるんですか」
パー子「もう長くて長くて、本人は三年くらいのつもりなんですけど」
三谷「とてもそんなに長く一緒にいるようには見えなかった。初々《ういうい》しかったです」
パー子「そうですか。キャハハハハ」
三谷「最近はずっと、お二人で舞台に立たれるんですか」
パー子「営業とかは、二人で一緒にやって。実はですね、昔は私一人で……」
三谷「一人でやってらっしゃったの、覚えてます。テレビで観た記憶が」

パー子「しょうがなくやったことあるんですけど。お笑いっていうのがダメですねえ、もう」
三谷「そうなんですか？」
パー子「自分が笑っちゃって。アハハハ。笑わすっていうことがこんなに大変なことだと思わなかったですね。本当に。もう、だから、舞台に出ても、なんかもうドキドキしちゃって、なんか。それでも、その反動でなんとか三十分くらい、一席。入った当時はよくできた、踊りやったり」
三谷「三十分もですか」
パー子「信じられないですよね。今、どうしちゃったのかしら、と思って。昔はプレッシャーかからなかったんですよ、もう平気で。うちの師匠に誉められちゃって。あ、うちの師匠、知ってらっしゃいますか、林家三平《はやしやさんぺい》です」
三谷「三平師匠、知ってます」
パー子「師匠に誉められて、うちの相方《アチラ》が言われたくらいなんですよ。『パー子見習わなきゃダメだ』、アハッ」
三谷「それは、三十分の中に踊りあり、歌ありの」
パー子「はい。もう、踊りを十分くらい踊っちゃうんです。それが三波《みなみ》春夫さんの

『紀国屋文左衛門』っていう。アハッ。私、小学校三年の時から、日本舞踊習ってて。あとちょっとお三味線《しゃみせん》も」

三谷「へえ、観てみたいですね」

パー子「それが今、全然できない。歌も歌えなくなっちゃったんですよ。知らないってことは、何でもできるんですねえ。やっぱり自分が普通じゃないって気がついちゃったらダメですね。アハハハ、いや、本当に。なんか異常な照れ屋っていう、アレがきちゃって」

三谷「基本的にシャイなんですね」

パー子「異常な、もう。ただそんなシャイな人がこんなに笑うはずないって言うんですよね。キャハハハハハ」

三谷「例えば、お葬式とかに行かれて、やっぱりお困りになりますか」

パー子「もう、お葬式は、うちの師匠の遺言で、『パー子はお葬式には行かないほうがいい』って言われて。お葬式は、うちの相方《アチラ》にだけ行っていただくようにして。だいたい、お祝いの顔ですね、私ね」

三谷「喪服が似合いませんよね」

パー子「そうなんですよ。で、黒い洋服は一枚も持ってない。フフッ。で、うちの師匠のお葬式だけは、しょうがなく黒を着て、あれなんですけど」
三谷「その時は笑っちゃわなかったですか」
パー子「ちょっと笑わなかったですよね、アハハハハッハ。なんとか無事に。やっぱり緊張するんですね。我慢できない、みたいなところ、ありますね、なんかもう笑っちゃうしかない。アハハハハハ」
三谷「でも、その気持ちは分かります」
パー子「今日もすごく緊張してて。キャーッ……七月八日生まれですよね」
三谷「そうです」
パー子「うちの相方《アチラ》が、誕生日の先生なので。アハッ。結構、ええ、もう一年間、全部知ってるような人なんです」
三谷「僕の誕生日もご存じだったんですか」
パー子「はい、言ってました。七月八日って言ってました。確か奥様が、小沢一郎さんと同じ五月二十四日」
三谷「僕は大木凡人さんと一緒なんです」
パー子「あと、ロックフェラーって言ってましたよ」
三谷「ロックフェラーですか」

パー子「明らかに、ロックフェラーって」
三谷「そういうのは、覚えようと思って、一生懸命勉強して覚えられたんですか。それとも、人から聞いて、パッと入ってきちゃうわけですか」
パー子「っていうか、もともと、好きだったんですよね、もう、なんて言うんですか、干支《えと》とか、そういうの、出来事に合わせて。愛敬《あいきよう》がないんですよ、うちの相方《アチラ》って」
三谷「IQ?」
パー子「愛敬、愛敬」
三谷「すみません」
パー子「キャハハハハ。私は、愛敬だけでもってるんですけど、相方《アチラ》にはその愛敬がないので、どなたかに会った時に、そういうお誕生日の話とかすると、ええ」
三谷「そういうの嬉《うれ》しいですもんね」
パー子「そうなんです。誰それと同じとか、この日は誰が生まれたとか」
三谷「じゃあ、努力されたんですね」
パー子「そんな努力はしないんですけど、もう長ーい年月かけて覚えたので、だから無理がないので、結構忘れないって言ってました」

パー子「結構好きですねえ。私はもう、そういうの全然ダメ。もう完全にダメで。アハーッ。これだけ物を知らない人もいないって言うんですよ。天才的に頭が悪いって。アハハハハハ。呆《あき》れ返っちゃう。アハハハハハ」
三谷「でも、物を知らないのと、頭が悪いのとはちょっと違うんじゃないですか」
パー子「根本的に、頭が悪いところにもってきまして、物を知らないっていう。キャハハハハ」
三谷「ダブル……」
パー子「ダブルですよ、もう」
三谷「僕なんか脚本とか書いていると、物を知ってるように思われるみたいですけど、そのわりには知らないんですよ」
パー子「そうですかあ?」
三谷「だから、よく知ったフリとかしちゃいますね」
パー子「フフフフフ」
三谷「知らないものを知らないって言い切れる方は素晴らしいと思います」
パー子「なるほどねえ」

三谷「どの程度まで知らないんですか」

パー子「もう、どの程度って言えるほど知らない。キャハハハハハハハハハ。もう呆れ返っちゃいます。普通の方って、欠点は、とことん努力して直そうってしますけど、ダメなんです、努力しないんですよねえ。こういうところが、いちばんの欠点ですよね」

三谷「そう言いつつ、陰で努力されてるんじゃ」

パー子「いや、それが全然努力しないんですよ。だからなんかもう、馬鹿そのものという。アハハハハハ。こんなに努力しない人いないんじゃないかしら」

三谷「そういう自然体を続けていくっていうことも、やっぱり努力しないと」

パー子「そうですかね、そういうふうに言っていただくと嬉《うれ》しいですね。じゃあ、私、やっぱり努力してるんですかね、ウフフフ、そんなことないって。アハハハハハハハ」

三谷「ご本とか読まれたりするんですか」

パー子「これなんですよ、本は読まない。プハーッ。いつも言われてます。『本を読まなきゃダメだ』って。だから利口になるわけないですよね、本当に」

三谷「映画とかは」

パー子「映画は、たまにしか行きませんね。本当、それも怒られちゃって。映画も観ないって。相方《アチラ》が行かないと行かないんですよ」
三谷「やっぱり一緒に行かれるんですか」
パー子「ええ、でもあんまり私が出不精《でぶしょう》なんで、勝手に一人で行っちゃったりして。この人、話にならないと思ってるんじゃないですかね、私のこと。でも映画って不思議ですよね、何度観ても忘れちゃいますね」
三谷「そんなことはないと思うんですけど」
パー子「私は、何回観ても忘れちゃって、新しい気持ちでいつもいつも」
三谷「お二人で喧嘩《けんか》とかはなさるんですか」
パー子「舞台、たまに二人で出て、受けなかった時とか、私、結構、芸にはうるさいんです。自分が芸、できないくせに。アハ。こういうふうにしたほうがいいとか、分かるんですよね。結構長く芸人やってるんで。そのくせ芸が下手《へた》で、自分でやれないんですよ」
三谷「評論家タイプなのかもしれませんね」
パー子「テレビで駄洒落《だじゃれ》言う時も、私、分かるんですよね。スタッフが求めているものが。だから『ダウンタウンDX』の〝有名人だじゃれレース〟に出る時に、相方《アチラ》が考えた五つくらいのネタを聞いて、『お兄ちゃん、「お正月に松ちゃんと浜ちゃんが車にぶつかってダウンタウーン」がいいと思うけど』とか言うんですよ。そしたらちゃんと採用されて、しかも一位になっちゃったりして。そういうのは分かるんです。でも自分ではできない」

三谷「結構、賢い奥さんて感じですね」

パー子「いや、もうすっごい、最高にアッタマ悪い」

三谷「立派な奥さんですよ、物は知らないけど」

パー子「アハッ、あ、またハナ出ちゃった」

ハンカチで鼻を押さえるパー子

三谷「ペーさんの衣装とかはパー子さんが選ばれるんですか」

パー子「一応コーディネーターっていうか」

三谷「優秀なブレーンですね」

パー子「やっぱり、少しでもよく見せてやりたいっていうのはありますよね。昔はなーんにも構わなかったんですよ。顔も洗わないような人ですよね。面倒臭がり屋で。本ばっかり読んでて。私は逆で、私はお洒落のこととか好きで、本も読まないで常にお化粧ばっかりしてるみたいな。アハハハ。もう徹底して逆なんですよね、全然正反対なの」

三谷「感覚的な奥さんと理論派のご主人。完璧《かんぺき》じゃないですか」

パー子「そうですかねえ」

三谷「普段は、お兄ちゃん、お兄ちゃんと呼んでらっしゃるんですか」

パー子「お兄ちゃん、ええ。外に出ると『佐藤さん』なんですけど。本名、佐藤さんていうんです、佐藤さんて」

三谷「パー子さんはなんて呼ばれてるんですか」

パー子「相方《アチラ》は、なんか、『坂本』って。私、旧姓坂本っていうんです。ヒャーッ。ちょっとごめんなさい、またハナ出ちゃった。やんなっちゃう、もう」

必死に鼻を拭《ふ》くパー子

三谷「家で、ご飯作ったりされるんですか」

パー子「結構、楽なもの、簡単なものしか作れないんですけど。私ね、すごくうるさいんですよ、素材に。結構、自然志向で。そう見えないですけど。だからあちこちデパート行ってますよ、有機栽培の野菜とか」

三谷「幸せ者ですね、ぺーさん」
パー子「いやいや、もう全然。『あったま悪いし、もうどうしようもないな』って言われます。アハハハ。毎日、怒られないことはないっていうくらい。『もう少し人と話せるようになりなさい』って。私、すぐトンチンカンなこと言うんですよ。『相手が言ったことの意味をちゃんと考えてから、喋《しゃべ》りなさい』って」
三谷「でも、今、話してて、全然そんなことなかったですよ」
パー子「そうですか。キャハッ」
三谷「ぺーさんも、奥さんのことが可愛《かわい》くてしょうがないんじゃないですか。だからあえて厳しく」
パー子「そうですかねえ」
三谷「こいつを最高の女にしてみせる、みたいな」
パー子「キャハーッ」
三谷「『マイ・フェア・レディ』とか『プリティ・ウーマン』の世界ですね」
パー子「そうですか、嬉《うれ》しいですね、まあ。プリティって言われるのいちばん好きです。プリティ・ウーマンっていちばん好きな言葉ですね。嬉しい。ありがとうございます」

三谷「……ちょっと、意味が違うんですけど、まあいいです」
パー子「キャハー」
三谷「なんかもう僕にとっての理想の夫婦です、まじにこれは」
パー子「そうですかあ。私ね、結婚する時は違った感じの人と結婚したいな、と思ってたんですけど、不思議ですね」
三谷「理想はどういう感じですか？ 俳優さんでいうと」
パー子「渋い方が好きなんですよ。俳優さんよりも、私、いちばん好きな方は、雅子様のお父さまの小和田恒《おわだひさし》さん」
三谷「渋いですね」
パー子「ああいう方が」
三谷「でもぺーさんも見様《みよう》によっては渋いじゃないですか」
パー子「キャハハハハハハハハハハ。声は渋いんですけどね、アハッ。あ、またハナ出ちゃった、キャハッ」

第八話

潤んだ瞳の女

人物　緒川たまき［女優］
三谷幸喜

喫茶店の一室

向かい合って座る緒川《おがわ》と三谷

黒のタートルネックのセーターの緒川

袖口《そでぐち》からは黒のブラウスが覗《のぞ》いている

緒川に、大きな瞳《ひとみ》でじっと見つめられ、三谷は既に精神的にしどろもどろ状態に陥っている

三谷「………（ため息）」

緒川「………なにか」

三谷「なんかそうやって見つめられると泣きそうになります」

緒川「じゃ、ちょっと伏し目にします」

緒川のアンニュイな雰囲気にすっかり飲まれている三谷

三谷「……この世の人ではないみたいですね、いい意味で」

緒川「そうですか」

三谷「未来から来た人と会ってるってような感じです」

再び深いため息をつく三谷

これでは対談にならないと思ったのか、自ら話題を振る緒川

緒川「……前に雑誌の仕事で奥様に取材させていただいたんですけど」

三谷「あ、言ってました」

緒川「その時に奥様のご本をいただきまして。それに甘い物の話が載っていたんです。朝目覚めた時に食べる」

三谷「オメザのことですね」

緒川「なかなか衝撃だったんですよ、読んだ時に」

三谷「皆さん、そうおっしゃいますね」

緒川「オメザ、お付き合いされるんですか」

三谷「僕も起きてすぐ甘い物を食べるという習慣がなかったんで、最初はびっくりしましたが、最近は慣れてきました」
緒川「朝一番に甘い物を食べるとブドウ糖が回って、頭の回転がよくなるという話を思い出して。……私も忙しくてご飯が食べられない時、甘い物でもつまんじゃおうかしら、なんて思うこともあるんですけど」
三谷「そうなんですよ。実は体にいいんです。ただうちは、甘い物を食べてから、朝ご飯も食べますけど」
緒川「あ、そうかあ。甘い物だけじゃないんだ」
三谷「でも、フルコースを逆から食べると死ぬっていう噂《うわさ》を、以前耳にしていたので」
緒川「私は聞いたことなかったですね、そうなんですか」
三谷「だからちょっと怖かった、最初は。今は平気です」
緒川「……猫はお好きなんですか」
三谷「猫」
緒川「奥様とは猫の取材でお会いしたんです」
三谷「僕は猫アレルギーだったんですよ」

緒川「そうなんですか」
三谷「妻が猫を飼っているでしょう、結婚に当たっては、まずその克服から始めました」
緒川「愛のために」
三谷「はい、愛のためにです。お陰で今は大丈夫になりましたが」
緒川「……ちょっと感動しちゃう」

潤んだ瞳で三谷を見つめる緒川
額の汗をハンカチで拭《ふ》く三谷

三谷「………（どぎまぎ）」
緒川「私、猫が好きなので、結婚するなら絶対猫好きの人がいいと思っていたんです。でも愛のために克服する男性もいるなんて」
三谷「猫アレルギーごときで、このご縁が破談になるのは嫌だったんです」
緒川「どうやって克服されたんですか。注射とか？　お薬を飲むとか？」
三谷「なるべく猫を顔に近付ける」
緒川「……」

三谷「……あ、言うほどたいしたことはしてませんでした」
緒川「オトッツァンでしたっけ」
三谷「アメリカンショートヘアがオトッツァンで、オシキャットのほうがオシマンベです」
緒川「目が綺麗《きれい》ですよね、オシちゃん」
三谷「お会いになったんですか」
緒川「取材の時奥様に連れてきていただいて。美人ですよね」
三谷「妻……?」
緒川「オシちゃん。美人っていうと変なのかな」
三谷「神田《かんだ》うのにちょっと似てます。オトッツァンのほうは、『ものまね王座決定戦』に出てらっしゃる星奈々さんに頬骨《ほおぼね》のあたりが似てます」
緒川「うのちゃん。確かにちょっと。目の形とか」
三谷「去年の暮れに彼女が二週間家を空けたんです、撮影で」
緒川「オシちゃん?」
三谷「妻のほうです。猫は男の子なんで、両方」
緒川「ああ、そうでしたよね」

三谷「その時に三人っていうか、僕と猫だけで過ごしたんですが、それで結構気持ちが通じ合ったみたいですね」

緒川「ああ、なんかそういうのっていいですよね。合宿で打ち解けた中学生みたいで。『あの日があるから僕たちは』みたいで」

三谷「どっちかっていうと、わりと部屋を散らかすタイプらしくて」

緒川「オシちゃんが？」

三谷「僕がです」

緒川「…………」

三谷「猫はそういうところが気に入ってくれたみたいですね。ただ彼女は、妻のことですけど、留守にした二週間で、かなり猫の様子が変わったって言ってました」

緒川「態度がですか」

三谷「行儀が悪くなったって」

緒川「私もちょっと、油断しちゃうと散らかしやすい体質なんですけど、猫に好かれるなら、いいかな」

三谷「ただ最近はケンセイ症候群に気をつけないと」

緒川「ケンセイ症候群て何ですか」

三谷「ケンセイ……」
緒川「『牽制《けんせい》する』の『牽制』ですか」
三谷「……犬の性？」
緒川「大人になろうとして、人格を作っちゃうとか、そういうこと？」
三谷「……実はよく知らないんです」
緒川「…………」
三谷「妻が言ってたんで。意味は分からないんですが、そのまま言えば通じるかな、と思って言ってみたんですけど。通じませんでした」

かなり落ち込んだ様子の三谷

緒川「（気を使って）今度教えてください」
三谷「……『モグモグゴンボ！』っていう番組があって。子供が料理を作るんですけど」
緒川「観たことあります。こぶ平《へい》さんの」
三谷「あれ観てるとだぶるんですよ」
緒川「何がだぶるんですか」
三谷「猫と」

緒川「猫と誰が」
三谷「子供が」

噛《か》み合わない会話にほとんど涙目になっている三谷

緒川「……例えば、スポンジケーキを星型に抜く子供とだぶったりするわけですか」
三谷「それでお父さんに料理を作って食べさせたりするんですけど、そういうのを見ていると、もしこの猫たちが僕のために料理を作ってくれたらって考えたら、それだけで泣きそうになりますね。……今日は猫の話があってよかった」
緒川「(にっこり)」
三谷「これでも、かなり慣れてきたんですけど、やっぱりダメですね」
緒川「対談を読むと毎回楽しそうですけどね」
三谷「読むと楽しそうなんです、でも実際はそうでもないんです」
緒川「……手相の時は？　いいこと言ってもらうと、楽しくなりません？」
三谷「あの方は、基本的には悪いことは言わないみたいですよ」
緒川「私も、あれを読んで、こういう人にならら手相を見てもらって、いいことだけ言ってもらいたい、なんて思ったんですけど」

三谷「確かに妙な自信はつきましたけど、ただ、手相は変わるって言うじゃないですか。あれ以来変わったらどうしようかって」
緒川「せっかくいいこと言われたのに、それが消えたらどうしようかって？」
三谷「ええ、だから、手を見る度に心配になっちゃうんですよ」
緒川「分かります」
三谷「まあ、でも少しずつは話術も上達してきてるんです。最初に比べれば」
緒川「じゃあ、カドカワさんは、カウンセラーというわけですか」
三谷「だいたいこの企画自体が、僕を一人の立派な人間に育てていくための」
緒川「診療企画」
三谷「みたいなもんなんです、リハビリ」
緒川「三谷さんは転校生の経験は」
三谷「ああ、ないですね」
緒川「私も本来は初対面の人とお話しするの、苦手だったんです。でも転校を経験したせいか、変に度胸が据わっちゃうこともあって」
三谷「憧《あこが》れましたね、転校生には」
緒川「なることを、ですか」

三谷「ええ、全く新しい自分を、ゼロから始められるというか。……なんか、今でもわりとそうですけど、皆の前で明るく振る舞うのが苦手で。ただ、そういう人間になりたいとはずっと思ってたんです、小さい時に。ただ、変わりたいんだけど、ある日突然社交的な男になると、周りが変に思うだろうって幼心《おさなごころ》に思って。だからできれば皆の見ている前でボールが頭に当たるとか、階段から落ちるとか、そういう」

緒川「ハプニングがあれば」

三谷「そう、ハプニングがあって、『あれから三谷は変わった』って皆が言ってくれるんじゃないかなっていうのをすごく念じてましたね、小学生の時」

緒川「全然違うかもしれないんですけど、私も似たようなことを思っていて。私は十八までずっと髪が長かったんですが、『髪は長くあるべし』みたいな発想がイヤで、でも切るのになかなか踏み切れなくて、これは家庭科の授業の時に、誰かの鋏《はさみ》で事故でチョキーンっていっちゃえば、人のせいにして髪が切れる、泣きながらも短い髪の自分を手に入れられるって。……ちょっと今、そのことを思い出したんですけど」

三谷「でも、ないんですよね、そういうのって」

緒川「ないんですよねえ」
三谷「あ、いけるかなと思う時は、誰も見てなかったりして」
緒川「そう」
三谷「だから、転校すれば、いいきっかけになるかな、って思っていたんです」

潤んだ瞳《ひとみ》で三谷を見つめる緒川

緒川「……三谷さんには、もしかしたら童話作家になられるような要素があるんじゃないかしら、と思っていたんですけど」
三谷「……どこからそんな途方もないことを」
緒川「子供の頃にいちばん最初に教えてもらった嬉《うれ》しいこととか、これはしちゃダメよって怒られたこととか、そういうお話をすごく覚えてらっしゃる方のような気がしたんです、ドラマを拝見していると」
三谷「そうですか」
緒川「童話をお書きになったら素敵かしらって」
三谷「そう言っていただけるのはたいへん嬉しいんですけど、残念ですが、そういった素養は全くありません」

緒川「そう？」

三谷「何も覚えてないんですよ、子供の頃の話。一種の記憶喪失に近い……」

緒川「覚えてなくてもいいんです。でも、そういうことを感じさせるものをお持ちなので、もしかしたらとんでもなく素敵なお話をお書きになられるのでは、と」

三谷「光栄です。でも僕を知っている人間がこれを読んだら、鼻で笑います、きっと。……なんの話だっけ。あ、転校はかなりされたんですか」

緒川「話せば長いんですが、両親は島根県の松江で。私は二歳とか三歳の時に東京に来て、小学校五年で広島に行って、それから福山という町に転校して」

三谷「そんなに転々と」

緒川「だから、故郷は一応広島っていうことになっているんですけれど、方言喋《しゃべ》れないんで、生粋《きっすい》の広島の人にワーって言われると、『ああ……』って思うんですけどね。どうしようって」

三谷「僕の両親が九州なんで、取材で聞かれたら、『田舎は福岡です』って言っちゃうんですよ。本当は住んだことないんですけどね」

緒川「ふふ」

三谷「でもそういう時に限って相手が福岡出身だったりして、『福岡のどこや』なんて聞かれて」

緒川「ああ。福岡も広島も郷土愛が深い所だと、私、思うんです」

三谷「そうみたいですね。それですぐ仲間みたいに思われて。で、後に引けなくなって、それから先は嘘《うそ》で塗り固めるはめになります」

緒川「広島に転校した時に、最初全然方言が分からなくて、子供心に『私は絶対こんな言葉は覚えないわ』って思ったんです。でも一回だけ喋ったことがあって。六年生の時に下級生が喧嘩《けんか》をしていて。どうしようと思って。これはしょうがない、方言で止めるしかないって、『やめんちゃいなあ』って言ったんです。もう恥ずかしくて恥ずかしくて。後にも先にもそれ一回きりですね、方言喋ったの」

三谷「ただ、転校生を迎える側《がわ》から言わせていただければ、こんな転校生が来たら、もうパニックですよ、学校は。『今度の転校生はすごいぞ。未来から来たんじゃないか』って」

緒川「……どうしよう」

三谷「『しかも奴《やつ》は方言を絶対喋らない』って」

照れ臭そうに頰笑《ほおえ》む緒川

第九話

喋り続ける女

人物　平野レミ［シャンソン歌手］
三谷幸喜

喫茶店の片隅

向かい合うレミと三谷

巨大なパンダが編み込まれた、薄い黄色のモヘアのセーター姿のレミ

三谷「和田さん（平野さんのご主人・イラストレーターの和田誠氏）とは、別の雑誌の対談の連載で何度かお会いしてるんです」

レミ「和田さんが言ってた。『無口な人だから、レミだけ話してれば平気だ』って」

三谷「和田さんは、僕にとっては神様みたいな存在ですから。似顔絵も和田さんの真《ま》似《ね》ですし。だから今回は似顔絵を描くのが無茶苦茶プレッシャーで」

レミ「どうせ変な顔に描くんだよね」

三谷「前にテレビで拝見したんですけど、お菓子を作ってらっしゃって」

レミ「なに」
三谷「クッキーの」
レミ「パックデイチゴ？」
三谷「あれ、うちでもよく作ってます」
レミ「おいしかった？」
三谷「はい。今も冷蔵庫に。すごいアイデアですよね」
レミ「胸にはエプロン、口にはシャンソンだからね。カッコいいでしょう」
三谷「あと、同じ番組の中で唄《うた》ってらっしゃった、あれもよく唄ってます」
レミ「なに。（いきなり唄い出す）♪空はどうして青いの」
三谷「はい」
レミ「あ、本当。それはどうもどうも。そうですか。嬉《うれ》しいわね。あれね、うちの子供が、最初の子供が生まれてすぐ病気になっちゃったの。それまでうち、猫飼ってて。和田モモヨっていう猫だったんだけど、和田さん、子供の顔見ても可愛《かわい》くないって言うの。猫のほうが絶対可愛いって言うの。困っちゃって、大変な男と結婚しちゃったと思って。冷たい人なんだなって。そうしたらうちの子供が病気しちゃって、高熱が続いちゃって。それでやっと元気になったの。やっと治ったもんだから、和田さんも風呂《ふろ》にゆっくり入って、温まって出て来たの。それで子供の寝顔をじっくり見てたら、すっとピアノのところに行って、バスタオルを一枚こういうふうに腰に巻いて、人差し指で作ったのが、あの曲なの」

三谷「いい歌ですよね」

レミ「いいでしょう。いいでしょう。作詞作曲よ」

三谷「ちょっと泣きそうになりますね、最初」

レミ「そうそうそうそう。最初、なるの。で、泣く人がいるのよ。泣きそうじゃ駄目なのよ。泣かなくちゃ。泣くのよ」

三谷「泣くんですか……」

レミ「泣くの。それでずいぶん泣かせちゃった。私、講演するのね、あちこちで。子育ての話になって、うちの子供が生まれたばっかりの時に高熱を出して、やっと治った時にどうのこうのって。じゃあその時の歌を唄いますねって。そうすると、観てる人、いっぱい、何百人ているでしょう。いるところで、最初は皆、じっと聴いてるんだけど、だんだんあっちこっちで手を目のほうに持っていく、こういう動作があるの、いっぱい、点々と。それ見ちゃうと私が泣きたくなっちゃうのね」

三谷「それは、もういきなりアカペラで唄われるわけですか」
レミ「アカペラでやってたけど、最近はカラオケ持って行くの。すごい弦が入ってる奴《やつ》ね」
三谷「もうカラオケもあるんですね」
レミ「すごいカッコいいの。それだと盛り上がっちゃうんですよ。それともう一つあって、メドレーになってて、それもいい唄なのね。♪ぼうや　お前が生まれたふつうの日のふつうの夜　だけどお前が生まれた　そのことで　その日は　その夜は　パパには忘れられない……ってやるんだけど、その後で、♪空はどうして青いの……ってやるとみんな泣いちゃうの」
三谷「何かで読んだんですけど、和田さんと結婚されるきっかけになったのは、和田さんが『宦官《かんがん》』っていう言葉をご存じだったからって……」
レミ「そうよ。私、いい年こいて宦官知らないで。あと、零戦《ゼロせん》だっけ？　零戦っていうのがあって、赤線っていうのがあって青線っていうのがあるんだけれども。うちのお父さん、三百何十冊、本書いてるんだけれども、娘は無知で何も知らないのよね。それで、そういうのも、零戦っていうのも戦闘機だっていうことも知らないで、赤線みたいな、娼婦《しょうふ》みたいなそういうもんだと思ってさ。馬鹿でね。今はだいたい知ってるけど、私。立派な人になっちゃったからさ。それで何の話だっけ」
三谷「宦官」
レミ「そうそう、宦官って知ってる？　知ってる？　宦官。ねえ？　宦官……」
三谷「あれでしょう？　中国の方の……」
レミ「ああ、素晴らしい、素晴らしい。宦官……。だから、私の知らないことはボーイフレンドになった人に知ってて欲しいじゃないのよ。試すわけよ、全部。宦官を知らないと、すぐここで、バッと切るわけ、私。駄目って言って切るわけ」
三谷「試験するんですか」
レミ「試験するの」
三谷「宦官っていうのは試験だったんですね」
レミ「試験です。宦官知らないと駄目なのね。私がすごく、何も知らないで……。努力するの嫌いですから。だから、ちょっと聞いた時に、字引代わりに知っててくれる人。そういう人が好きなの」
三谷「じゃあ、和田さんの前にも『宦官は何か』と聞かれて、答えられなくて……」
レミ「駄目な人、いましたよ。いましたよ、もちろん」

三谷「へえ、そうなんですか」
レミ「和田さん、知ってて、良かったね」
三谷「いつ頃からシャンソンを唄われているんですか」
レミ「うちにね、うちのお父さん、フランス文学者だから、それでうちにレコードがいっぱいあってさ、いつもいつもシャンソンのレコードばっかり聴いてたもんだから、『そんなに好きだったら唄うかい』って、それで習ったの。そうしたらば、私がたまたまどっかで唄ってる時にコロムビアの人が『ちょっとレコード出さないか』って言って、シャンソンだと思って喜んで行ったら、『やっぱりシャンソンっていうのはちょっとマイナーだから反戦歌にしましょう』って言われちゃったの。反戦歌っていうのは私に合わないなと思ったんだけれども。そしたら結局会議にかけたら、『反戦歌もちょっと下火だから』ってことになって、それで流行歌にしてくれって。流行歌なんてイヤだったけれども、やっちゃったの。それで四曲目か何かで『カモネギ音頭』っていうのをやって」
三谷「『カモネギ音頭』……」
レミ「(いきなり唄い出す)♪銀座八丁にネオンが灯《とも》りゃ……って言うと、たすき掛けたおばさんが、♪あーこりゃこりゃ……って言うのよ」

三谷「………」

レミ「♪カモがネギ背負《しょ》ってやって来る　やって来るージャンジャン飲ませろ　酔わせて放り出せ　カモネギ音頭でガバチョのパ……っていう、こういう歌なんですよ」

三谷「……すごいですね」

レミ「すごいでしょ。それやったら売れちゃったの」

三谷「売れたんですか」

レミ「そうしたら。レコード会社が、『銀座の歩行者天国でネギを籠《かご》に入れて、背負って歩いて、ネギを歩行者天国の人に配って歩いたらば、もっとレコード売れるからそうしてください』って言ったの。だからやめちゃった。私、シャンソンだし、あまりにも離れちゃうから。私、貴族の血も流れてることだし。それはすごいのよ、うちの家系って」

三谷「………」

レミ「これ言っちゃうと、すごく長くなっちゃうんだけどね、私のお父さんのお父さんが……。違う、私のお父さんのお父さんは外国人だけれども、私の姿見るとどこにもそんな感じしないでしょう。ところがそれがあるのよ実は。私の祖先はスコットランドの貴族なの」

三谷「シャンソンのCDは……」

レミ「ちょっと待ちなさいよ。だからさ、私はこんなにシャンソンシャンソンて言ってるのに、『カモネギ音頭』を最後にレコードが出せないなんて、そんなバカなことはないと思ってたの。そしたらアポロン音楽工業（現バンダイ・ミュージックエンタテインメント）っていうところから、『出しませんか』って言ってきたの。それで出します出しますって。どうせ出すんだったらば、素晴らしいシャンソンを出そうと思って。そしたらいいのができたのよ。『パールレモアダムール』って知らない？ ♪タラリラリラララ……っていうの知らない？」

三谷「知りません」

レミ「ラララーラ　ラーラララーラ……っていうの知らない？」

三谷「もうちょっとお願いします」

レミ「パールレモァーダムール　ルディットゥモアデー　ショーズスターン　ドゥルー」

三谷「知りません」

レミ「イヤになっちゃうな」

三谷「それが入ってるんですか」
レミ「訳を黒柳徹子さんにやってもらったりとかして、そしてジャケットは篠山《しのやま》（紀《き》信《しん》）さんに撮《と》ってもらって、もうバッチリ」
三谷「今度出るんですか」
レミ「出たのよ。もう出ちゃってるのよ。（隣のマネージャー氏に）ないの、それ」
マネージャー「今、ないんです。すいません」
レミ「持って歩きなさいよ。なによ、マネージャーのくせして」
三谷「……平野さんは、あの、おうちでもやっぱりそんな感じですか」
レミ「そんな、だって、私、芸人じゃないから、あっちで静かになって、こっちで喋《しゃべ》ってなんて。そんな器用なことできませんから。もう、このままでいいの。でっかい声でしょう。電車の中で、私がでっかい声で喋ってると、遠くからおじさんが『うるさいっ』って」
三谷「ああ……」
レミ「怒られちゃったの、学生の頃、私。三、四回あった。電車がガタンゴトンいって、よっぽどそっちのほうがうるさいと思うんだけどさ、私のこと怒るのよ」
三谷「………」

レミ「私っておっかない？」
三谷「そんなことないです」
レミ「殺されそうだった？」
三谷「はっきり物を言われる方ですね」
レミ「もし、和田さんがウジウジして、なんか分からないことやってたら、私、きっと殺しちゃうかも分かんないね」
三谷「………」
レミ「浮気とかさ。もし和田さんに浮気があったら、本当におっかないかもしれないね。なんかでも、私、和田さんが浮気するなんて絶対思わないの。和田さんて私が結婚した頃、和田さんは必ずうちに電話が掛かってくるのよ。絶対に電話掛かってきて、『今日は何時に帰る』って言うのよ。でも、帰って来ない時があって、八時になっても九時になっても十時になっても十一時になっても帰って来ないの。でも絶対和田さんが浮気してるとは思わないの。和田さん、死んじゃったと思った」
三谷「死んだ……」
レミ「もうかわいそうでかわいそうで、それで渋谷《しぶや》警察に電話したの、私。渋谷警察に電話して。『三十六歳くらいでダスターコート着てる人が交通事故か何かで死んでませんか』って聞いたら、『はい、ちょっと待ってください』って言って、死人係みたいな人がいるのね、それで向こうで死んでるかどうか帳簿か何か見てるの。その間、もうドッキドッキしちゃって。雨が降ってるのよ。和田さんがもう死んでる光景がはっきり分かるの。そしたら『はい、お待たせしました』って言われて、『今日は死んでません』って。もう、その時、電話の前で『ありがとうございました』って頭下げて切ったの。そしたら結局、無事に帰って来たんだけど、井上ひさしさんの劇を観てたんですって」

三谷「芝居をご覧になってたんですか」

レミ「うん、ことのほか、長かったんですって。だから永《えい》（六輔《ろくすけ》）さんが言うのね。永さんに『私、本当に辛《つら》かった』って言ったら、『普通は警察に電話しないで、ああ、浮気でもしてるのかなって、普通はそう思うよ』って。でも私はもう絶対死んじゃったって思っちゃったから。あとは、雲隠れじゃなくて、なんだっけ」

三谷「神隠し」

レミ「じゃなくて、スッとどっか行っちゃうの。蒸発か。蒸発。だって灘本唯人《なだもとただひと》さんが言ってたの。『レミちゃん、一見幸せそうでも、人間の心なんていうのは分からないんだよ』って言うの。『僕の知り合いで、フッとどこかに行っちゃった人がいて』……灘本唯人さんって知ってる？」

三谷「…………」

レミ「灘本唯人さんていう、イラストレーターの大御所。……知らない？　なんにも知らないのねっ」

第十話

気を使う女

人物　森口博子［歌手］
三谷幸喜

ホテルのラウンジ
向かい合って座る森口と三谷
襟のラインがなだらかに開いた黒のブラウス姿の森口。首には黒地に白の水玉の
スカーフ
今回、三谷はなぜか妙にリラックスしている

三谷「早いもので、この対談も十回目になるんですけど、最初は初対面の人と話すの
が苦手で、それを克服するのがテーマだったんですが、最近は慣れてきて、お蔭《かげ》
様《さま》でトークはかなりお手のものになってきました」
森口「じゃ、時々つっこませていただきますね」
三谷「(慌てて) そういう問題ではないんですけど。実は、森口さんは、僕の母に似

てらっしゃるんです。昔から思ってました」

森口「岡ひろみ状態ですか」

三谷「な、なんですか」

森口「『エースをねらえ！』のコーチが岡ひろみに思い入れたっぷりだったんですよ。なぜなんだっ。そしたら最終回で『母に似ていたんだ』っていうシーンがあって」

三谷「はあ……」

森口「でも私に思い入れがあるとか、そんなんじゃないかもしれませんね。……ごめんなさい。話の腰、折っちゃって。続けてください」

三谷「……僕は東京で生まれたんですけど、うちの家族、みんな博多《はかた》なんですよ」

森口「あ、そうなんですか。どちらなんですか」

三谷「中洲《なかす》なんですけど」

森口「あら、ずいぶんにぎやかな」

三谷「森口さんも博多ですよね。そういう意味も含めて、森口さんには親近感が。だから今日はとても気が楽です」

森口「あれじゃないですか。やっぱり口調というか、早口で思ったことをパーッと言っちゃうタイプとか」

三谷「そうなんです。まさに。だから家ではいつも喧嘩《けんか》してるみたいで、その……」
森口「東京に出てきて、私がいちばんカルチャーショックを受けたのが、呼ばれて東京だと『え？』とか『はい？』とか、結構エレガントな返事がありますよね。あれが私たち博多の人間だと、怒ってなくても『あん？』になっちゃう」
三谷「そうなんですよね」
森口「ですよね」
三谷「だから今、僕もそれ言おうとしてたんです」
森口「あっ、ごめんなさい」
三谷「先に言っとけばよかった」
森口「ごめんなさい。イニシアチブ、どうぞ」

思わず恐縮して小さくなる森口

三谷「あまりお気を使わないでください」
森口「結構、誤解を招く表現とかニュアンスって、博多はありますよね」
三谷「博多で、茶碗蒸《ちゃわんむ》しの『スがほげる』って言うじゃないですか」
森口「ああ」

三谷「『スがほげる』」
森口「今、ちょっとツボにはまりました。『スがほげる』、言います言います」
三谷「あれが分からないみたいなんです、こっちの人は。『日本語じゃない』って言われる」
森口「そういう時って、なんか」
三谷「腹立ちますよね」
森口「全人格を否定されたような」
三谷「でも『スがほげる』は、他に言いようがない」
森口「『ス』は『ほげる』んですよ」
三谷「そうなんです。『穴』は『開く』けど『ス』は『ほげる』んです」
森口「なんか……」
三谷「例えば……」 同時に発言
一瞬、気まずい緊張が二人を襲う
森口「……どうぞ」
三谷「いえ、どうぞ」

森口「お先に」
三谷「森口さんから」
森口「ジャンケンします？　どっちが先に言うか、みたいな。……じゃあ、私から。……忘れちゃいました」
三谷「じゃあ僕から。……例えば、台本を書いていても、僕は標準語のつもりだったのに、『こんな言い方はない』ってプロデューサーに指摘されたりするんです。『におう』って言うじゃないですか。『手をにおう』って」
森口「『におう』、言いますよ」
三谷「標準語じゃないらしいんですよ」
森口「えっ」
三谷「博多弁なんです」
森口「『におう』って言わないんですか」
三谷「『嗅《か》ぐ』が正解みたいです」
森口「嘘《うそ》っ」
三谷「びっくりでしょう」
森口「『におう』は『におう』ですよね。『嗅ぐ』だとちょっとまた」

三谷「違うんですよね、ニュアンスが」
森口「『嗅ぐ』は……」
　　鼻をピクピクさせる森口
森口「『におう』は……」
　　手を鼻に当ててクンクンさせる森口
三谷「それです」
森口「くっつけて『におう』んですよ」
三谷「ええ、『嗅ぐ』よりも、臭《にお》いの出所が鼻に近いんです」
森口「へえ、使わないんですか、知らなかった」
三谷「台本に平気で書いてました」
森口「私、三谷さんの脚本、全部理解できます」
　　三谷、コーヒーを一口すする
　　やや沈黙ができる

三谷「……人の目を見てお話しになりますよね」
森口「あっ、ごめんなさい」
三谷「(慌てて) いえ、そういう意味では」
森口「駄目ですか」
三谷「ドキドキします」
森口「私、癖なんですよ。いけないですよね、見すぎるのは」
三谷「なんか、先生と話している、そんな感じがしました」
森口「(わざと先生ぶって) 三谷君、堅苦しいですか」
三谷「いやいや」
森口「もっとそらすようにします」
三谷「大丈夫です。今のままでお願いします。普段あんまりないですからね、見つめ合って話すことって」
森口「……何型ですか」
三谷「A型です」
森口「あ、同じだ」
三谷「何座ですか」

森口「ふたご座です。何座ですか」
三谷「僕はかに座なんです」
森口「あ、五月……。七月だっけ」
三谷「七月です」
森口「七月ですね」
三谷「丑年《うしどし》です」
森口「三十五歳ですね」
三谷「なったばっかりです」
森口「何月生まれ」
三谷「七月です」
森口「あ、今聞いた……」

　　思わず赤面する森口
　気まずい雰囲気の二人

三谷「そういうの、よくありますよね」
森口「またやっちゃった。ありますよね。ラジオの番組で、ゲストの方に『子供が生まれたらどんな名前つけますか』って私が質問したんですよ。そしたら『男の子にも女の子にも通用する名前がいいな』って言うから、『例えば?』って聞いたら、『ユウ』って言うんですよ。『女の子だったら優と書いて、男の子だったら勇と書いて』って。ああ、そうか、ユウちゃん、ユウ君、どっちもいいなって思って、『ふーん、字は?』って」

三谷「ああ、ありますよね、そういうこと」

森口「ゲスト、固まってました」

三谷「聞いてないわけじゃないんですよね」

森口「そうなんですよ、聞いてないわけじゃないんです」

三谷「話の流れで、つい出ちゃうんですよね」

森口「ちなみに私の誕生日は六月です」

三谷「何年ですか」

森口「申《さる》です」

三谷「申」

森口「はい」

三谷「僕は丑なんですよ」

ここでついに話が途切れる
すかさず切り札を出す三谷

三谷「もやしと枝豆が同じなのはご存じですか」

森口「対談でおっしゃってましたよね」

三谷「(愕然《がくぜん》となって)あ、お読みになってる……」

森口「家族で読みました。そうしたら母が『あんた知らんかったとね。枝豆ともやしは一緒たい』とか説明が始まっちゃって」

三谷「じゃあ、これはどうですか。ヒラメとカレイが同じというのは」

森口「同じなんですか」

三谷「びっくりでしょう。今、話題になってるんです。僕のまわりで。ヒラメとカレイは同じ魚なんじゃないかって」

森口「どこがどう同じなんですか」

三谷「僕が母から教わったのは、生まれた時は一匹の魚なんですけど、つまり、どっちにもとれる魚なんですけど、それが水面じゃなくて、なんでしたっけ。水の底の地面のこと」

森口「海底」
三谷「……実は昨夜あんまり寝てないもんで、普段もすぐに言葉が出てこないほうなんですけど、今日は特に……。で、海底に魚の子供が降り立った時に、どっち向きで着地したかで、ヒラメになったりカレイになったりする」
森口「…………」
三谷「そういうふうに僕は聞いてたんですけど」
森口「それはお母さまがおっしゃってたんですか」
三谷「三谷家にはずっとそういう……」
森口「言い伝えが」
三谷「言い伝えがあったんです。どうお考えになりますか」
森口「それは、お母さまが夢を与えてくださったんじゃないですか」
三谷「……メルヘンということですか」
森口「うん、そうそう、それを未だに信じて温め続けていた」
三谷「なんか中途半端なメルヘンだなあ」
森口「でもお母さまの気持ちもすごくよく分かる」
三谷「母親で思い出したんですが、昔、ピーマンを見せられて『これはとても高価な食べ物で、松茸《まつたけ》に匹敵する野菜だ』って。そういうこともありました」

森口「それは、ピーマンは残しちゃ駄目だよっていう、お母さまの知恵だったのかもしれないですね」

三谷「そうかな」

森口「たぶん。じゃ未だにピーマンは松茸と匹敵してますか」

三谷「もうそれはとっくにばれてます」

森口「私も……」

三谷「だから……」

同時に発言

再び気まずい雰囲気が訪れる

森口「あ、ごめんなさい」

三谷「どうぞ」

森口「続きを」

三谷「たいした話じゃないですから」

森口「またまた」

お互い譲り合う二人

三谷「お願いします。なんかすごく面白そうだから」

森口「いや、面白くないです。プレッシャー……。ただ、単に、私はネギを食べると頭がよくなるんだぞって言われ続けてネギが好きになったっていうことをお伝えしたかったんです。それだけのことだったんです」

三谷「いや、いいお話です。親は皆、そうやって工夫してるんですね」

森口「苦手な食べ物ってありますか」

三谷「苦手……」

思わず考え込んでしまった三谷

じっと見つめる森口

三谷の額に汗が浮かぶ

三谷「……こういうふうに、考えている時に見つめられると、すごくドキドキします」

森口「また癖ですね。ごめんなさい。私、駄目なんです」

三谷「早く何か言わなきゃいけないっていう、焦りが、こう……」

森口「違うんです。そうじゃなくて、なんかとってもなんか。……なんて言うんですかね、マンウォッチングが好きなんでしょうかね。別に答えを待ってるわけじゃなくて、その人の人間性みたいなものに触れた時に、なんかすっごく嬉《うれ》しいんですよ。ああ、困ってるのかなあ、とか」

三谷「わかるんです。だからそれがプレッシャーに」

森口「あ、ごめんなさい、私」

三谷「時間が経てば経つほど、何か洒落《しゃれ》たことを言わないといけないぞって」

すっかり恐縮してしまう森口

森口「……私はふさわしくないですか、ゲストに」

三谷「あ、そんなことはないです」

森口「大丈夫ですか、威圧してます?」

三谷「大丈夫です」

森口「目、そらしてますから」

三谷「ただ、目をそらされると、またそれがプレッシャーに。ああ、気を使ってくれてる、でも心の目は見ているぞって。……腐ったコンビーフ」
森口「……腐ったコンビーフ？」
三谷「苦手な食べ物」
森口「普通、皆、腐ったコンビーフは苦手だと思うんですけど」
三谷「アレルギーなんです。腐ったコンビーフの」
森口「っていうか、腐ったコンビーフは食べなくてもいいと思う」
三谷「子供の時なんですけど、白目が出てきちゃったんですよ、コンビーフが腐ってたんで」
森口「牛の目玉が出てきたんですか？」
三谷「僕の目玉が」
森口「コンビーフから牛の目が出てきたのかと思った」
三谷「違います」
森口「ごめんなさい、続けてください」
三谷「で、即刻お医者さんに行ったら、『これは腐ったコンビーフを食べたせいです』って言われて。だからそれ以来、僕は実は腐ったコンビーフは食べてないんです」

森口「何かに反応しちゃったんですね、腐った牛の肉の」
三谷「たぶん」
森口「怖い反応ですね」
三谷「コンビーフって、よく開けたまんまで冷蔵庫に入れてたりするじゃないですか。あれはよくないです。最近は特に中毒に気をつけないと」
森口「でも、冷蔵庫の中の葛藤《かっとう》ってありますよね。パッとドア開けて前に座って、いろいろ手に取って、『あ、これ腐ってそうかな』って思いながらも『いや、まだいけるだろう』って食べたり。葛藤ありますよね」
三谷「そういう時に、『におって』確かめるんです」
森口「そうそうそうそう、そういう時に『におう』んですよね」

見つめ合って頰笑《ほおえ》む二人

第十一話

モンロー似の女

人物　加藤紀子〔歌手〕
三谷幸喜

角川書店のビルの一室
テーブルを挟んで向かい合う加藤と三谷
紺色のニットに黒のパンツスーツの加藤
会議室なので、喫茶店のようにBGMも流れていない
二人の間には、既に重苦しい沈黙の世界が訪れている

三谷「……いつかお会いしたら、言っておこうと思ってたことがあって」
加藤「はい」
三谷「……マリリン・モンローに似てますよね」
加藤「それは初めて言われた」
三谷「誰も気付いていないと思うんですけど。僕も全然思ってもいなかったんですけ

ど、この前、マリリン・モンローの映画を二本続けて観て、『七年目の浮気』と『バス停留所《ストップ》』。マリリン・モンローっていうと、一般的なイメージだと、『聚楽《じゅらく》』とかああいう感じじゃないですか」

加藤「分かりやすい」

三谷「でも、若い頃のマリリンって、なんかもっと可愛《かわい》くて、愛らしいんです。誰かに似てるってずっと思ってて、『マジカル頭脳パワー』を観て、あ、この人だって」

加藤「そうですか」

三谷「だから、機会があったら観ておいてください。『七年目の浮気』」

加藤「はい。全然、意識したことがなかった」

三谷「『聚楽』は似てない」

加藤「よかった。そっちだったら、ちょっとドキドキするな」

三谷「……あと、これも言おうと思ってたんですけど、ふだんの顔と笑ってる時の顔がけっこう違いますよね」

加藤「そうですか」

三谷「お茶の間で見ているイメージは、九割がた笑顔なんですよ。だから時々、おすましている顔を見ると、あれ、誰だっけっていう」

加藤「本当？」
三谷「そんな感じがしました」
加藤「なんかお手紙とかいただくのも、だいたいそういうのが多いですね。笑ってる顔のほうが印象が強かったりするんでしょうかね」
三谷「それはイヤなこと？　気を悪くされました？」
加藤「ううん、イヤじゃない」
三谷「でも、笑顔がいいのはいいですよ」
加藤「そうか……笑ってないと誰だか分からない。でも最近、スッピンだと気付かれないっていうのはありますね、顔が違う」
三谷「スッピンで出歩くんですか」
加藤「スーパーに行く時は」
三谷「そういえば僕は、未だにスッピンとナチュラルメイクの区別がつかないんです。言われないと分からない」
加藤「男の人って、あんまり気にしないんですよね」
三谷「男は基本的にスッピンですから」
加藤「でも、ちっちゃい時、したくなったことないですか、お母さんのとか」

三谷「メイクですか」
加藤「うん」
三谷「したこともあります。大きくなってからですけど。メイクすると、すごく母親に似るんです」
加藤「そのままだと似てないんですか」
三谷「まあ、どっちかっていうと、父親似なんですけれども。一回遊びで化粧をしてみたら、母に似ていました」
加藤「じゃあ、間違いなくご両親の」
三谷「うん」
加藤「子供なんですね」

ここで最初の沈黙
部屋にBGMがないので特に静けさが強調される

三谷「…………」
加藤「私に話しておきたかったことは、この二つだけですか」
三谷「……終わってしまいました」

加藤「あの、枝豆ともやしが仲間だっていうことに、えらくこの連載でこだわっていますよね。それは普及させなければいけないことなんですか」
三谷「それは、話題がなくなった時の、僕の数少ない隠し球なんです。でも、あんまりその話ばっかりしてるんで、もうそろそろやめようと思ってるんですけど」
加藤「でもなんか納得できなくて」
三谷「またその話になるけど、いいか」
加藤「どうすれば枝豆ができるんですか。枝豆には枝豆の種があるんですよね」
三谷「あれの中に入っているのが、種」
加藤「あれを植えれば種になるの？」
三谷「そう解釈しています」
加藤「あれが木になったりするんだ」
三谷「そうでなければ、あの丸いものは、一体なんだということになります」
加藤「もとは、じゃあ、何色？」
三谷「緑色」
加藤「それ、すごくなんか不思議。茹《ゆ》でても緑で、もともと緑。……普通ですね」
三谷「でも乾かすと……」

加藤「落花生？」
三谷「……大豆に」
加藤「もやしの種っていうの、ありますよね」
三谷「それが大豆ですよ」
加藤「………（さっぱり分からない）」
三谷「たぶん、だから僕が思うに、まず枝豆を買ってきますよね」
加藤「はい」
三谷「そして枝豆として食べようと思う時は、半分置いといて、残りを茹でて、塩茹で」
加藤「うんうん、塩茹で」
三谷「それが枝豆。で、残ったほうの中身をまず全部出す。出して乾燥させると大豆になる。で、それを粉にすると、きな粉になって」
加藤「へえ」
三谷「粉にしないで、つぶして加工すると豆腐になって、豆乳ができて」
加藤「はあ……」
三谷「で、腐らせると納豆になって」
加藤「なんか、三谷さん、すごい、お爺《じい》さんみたい。いっぱい知ってる」

三谷「今までいろんな人から聞いた話を総合すると、そういうことになるんです」
加藤「なるほど」
三谷「……というふうに、この話でかなりもつんですよ」
加藤「じゃあ、今のでもう、一ページぶんくらい話してしまったわけですか」
三谷「そして、豆の話が終わった頃には、すっかり二人は打ち解けているというわけです」
加藤「なるほど」

しかし、そのわりには、話ははずまない
静けさがさらに三谷にプレッシャーを与える

三谷「……『マジカル頭脳パワー』、いつも楽しく拝見しています。あと、ファミコンの番組も」
加藤「すごいですね。木曜日にお家にいることが多いのかも」
三谷「いや、僕は木曜といわず、全曜日、家にいますから」
加藤「じゃあ、モノ書いている以外は、ご飯食べるか、本読むか、テレビ」
三谷「モノ書いてる時も、テレビはついてますね」

加藤「そういうことができるんですか」
三谷「なんかシーンとしてると淋《さび》しくて」
加藤「音があるとこで、詩を書いたり、ものを書いたり、自分ができないんですよね、だから……」
三谷「ああ、たぶん、詩なんかは逆にできないんじゃないですかね。僕のやってるようなものは、意外にどこでもできますよ、きっと」
加藤「なんか、そういうふうにお話を作っていくことができるのはすごいなって思うんですよね」
三谷「最近は、僕もなんか向いてないような気がして……。年々、話を思いつくのに時間がかかるようになってきてるんです」
加藤「ドラマの時とかどうするんですか。浮かばないと大変ですよね」
三谷「本当に。だから明日の朝までに書かないと収録が間に合わないのに、徹夜しても一行も書けなかったりすると」
加藤「あります？　そういうことって」
三谷「もう、どうなっちゃうんだろうっていう感じですよね」
加藤「辛《つら》いですよね」

三谷「旅に出たくなります」
加藤「逃げたくなる。ああ、分かるかも」
三谷「最悪ですよ」
加藤「自分も、そう、詩とか書くのが煮詰まった時に、あと、コンサートの前とか逃げ出したくなってしまうこと、よくありますね。勇気はないですけど。イヤーッてなったりはしないんですか」
三谷「爆発はしないですね、あんまり。モノに当たったりはしないんですけど」
加藤「猫にヒゲかいたりとか」
三谷「今はワープロなんですけど、原稿用紙の時は、本当に書けない時はビリビリに破いたりとかは」
加藤「ホント？」
三谷「しましたね。あと、ホテルで一人で缶詰になっている時とかは、ベッドにバーンと倒れ込んだり、わざとベッドと壁の間に落ち込んで、そのまま一時間くらいじっとしてたり」
加藤「なんかすごい。それは苦しんでるよりも、楽しんでるようなイメージなんですけど」

三谷「僕にとっては、それが自暴自棄ということなんですけど」
加藤「メチャメチャ安上がりですね。今度やってみよう」

再び沈黙
間がもたないので加藤、机の上に置いてあった「月刊カドカワ」のバックナンバーを手に取る
「森口博子」の回が目に止まる

加藤「今、コンビーフの話題が目に入ったんですけど」

それは三谷が子供の頃に腐ったコンビーフを食べた話である（179ページ参照）

加藤「コンビーフ、一度も食べたことがないんです」
三谷「本当に？」
加藤「うん。コンビーフっていう食べ物を東京に出て来るまで知らなくて。それで新幹線で名古屋《なごや》のほうから来ると、どこだろう、東京駅のすごい手前に、『ノザキのコンビーフ』っていう看板があって。なんだろう、『ノザキのコンビーフ』って思って。それから、一人暮らしを始めてお金がない時に、母が実家からコンビーフ

を送ってきて。『こんな馴染《なじ》みのないものを送ってきて、どうやって食べればいいんだろう』と思って。東京に出て来て五年経ったんですけど、まだ残ってます」

三谷「なんで送ってきたんでしょう」

加藤「すごい外国の感じがするじゃないですか」

三谷「コンビーフ……」

加藤「きっと洒落《しゃれ》た気分で買ってきたんだと思うんですけど。コンビーフっていうのはなんなんですか、原料は」

三谷「ビーフですからねえ。コンっていうのはなんなんだろう」

加藤「誰が食べるんですかね、コンビーフって」

三谷「西部の男でしょう」

加藤「ああ」

三谷「開け方もワイルドで西部魂を感じるし」

加藤、バックナンバーをめくる

加藤「いいですね、いろんな方にお会いできて」

三谷「僕はこの連載をやって本当によかったと思っています」

加藤「……テレビだと、会ってじっくりお話しすることって、そうできないですから」
三谷「これ、思ったのは、本当にゲストの皆さん、いい人たちで」
加藤「いいですね」
三谷「つくづく思うんですけど、この仕事に限らず、こういう世界で働いていて、タモリさんとか、たけしさんとか、さんまさんとか、ずっとテレビで観ていた人に実際会ってお話をすると、皆、いい人なんですよね、びっくりしますね」
加藤「すごく、それは思います」
三谷「本当に皆さん」
加藤「すごく優しくて、頭がよくって、素敵なんですよね」
三谷「むしろ、そういう第一線で活躍してない人のほうに、時々イヤな人がいる」
加藤「私の口からは絶対に言えません」

バックナンバーをめぐる加藤

加藤「こういう対談がきっかけでお友達にはなれるんですか」
三谷「この対談からお友達になった人は、一人もいません」
加藤「うそぉ」

三谷「対談が終わった後で、改めてもう一度会った人って、ないですね。緒川たまきさんは、仕事でご一緒しましたけど」
加藤「ホントに？　なんかもったいないですね」
三谷「普通、対談とかで、友達になったりするものなのかな」
加藤「結婚する人だっていたりしますからね」
三谷「キョンキョンとか、そうか。なんか悲しくなってきた」

なんとなくしんみりする二人

三谷「……なんか面白い話はありませんか」
加藤「面白い話、ないですねえ」
三谷「そんなにないですよね、面白いことなんか」
加藤「映画、なんでしたっけ。マリリン・モンローの」
三谷「『七年目の浮気』」
加藤「観てみます」
三谷「ぜひ」
加藤「私、あの人は好きなんですよね。なんでしたっけ名前、『アパートの鍵貸《かぎ》します』の」

三谷「シャーリー・マクレーン」

加藤「そうそう」

三谷「(呆然《ぼうぜん》となって)シャーリー・マクレーン、好きなんですか……」

加藤「ええ、可愛《かわい》いですよね……」

三谷「実は、加藤さん、シャーリー・マクレーンにも似てると思ってたんですよ。あの人も笑顔で有名な女優さんですから」

加藤「そうなんだ」

三谷「モンローに似てるっていうのと、シャーリー・マクレーンと、どっちにしようかと思って。……ああ、失敗した。シャーリー・マクレーンて言えばよかった。こういうのって悔やまれるんですよね」

激しく後悔する三谷

加藤「わかる気がします」

悔しそうにうなだれる三谷

第十二話

年下の女

人物　安達祐実［女優］
三谷幸喜

ホテルのラウンジ
向かい合って座る安達《あだち》と三谷
安達はグレーをベースにした、グリーンのチェック柄のネルシャツ

三谷「よろしくお願いします」
安達「あ、はい」
三谷「毎回、初めて会う者同士が、どうやって打ち解けていくかっていうプロセスを……」
安達「ハハッ」
三谷「緊張しなくていいよ」

妙にお兄さんぶっている三谷

三谷「お仕事の帰りだったの?」
安達「はい、そうです。今日はドラマ、朝行って、日テレで番組やってきました。……緊張しちゃうな」
三谷「だいたい、いつもこんな感じで、沈黙のほうが長かったりするんですよ」
安達「あ、そうなんですか」
三谷「全然盛り上がらないで終わることも、しょっちゅうです。なんか、面白い話はないですか」
安達「面白い話ですか」
三谷「僕は、昭和三十六年生まれなんですけれども」
安達「はい」
三谷「そういう人間に対して、どういうふうに思ってますか?」
安達「どうも思ってません」
三谷「かなり年上って感じですか」
安達「ああ……」

三谷「それとも同世代っていう感じか……」
安達「同世代は、ちょっと」
三谷「だいたい、同世代っていうのは、いくつぐらいが上限でしょう」
安達「中学生とか、高校生とか」
三谷「そうですよね」
安達「二十歳過ぎると、大人ですからね……」
三谷「すぐですよ、二十歳」
安達「あと五年」
三谷「僕は今、三十五になったんですけれども。だいたい三十五というと、かなり大人って感じがするじゃないですか。でも、全然そんなことないですから。信じられないですよ。こんなに子供だと思わなかったですから、三十五って」
安達「いつまでも少年の人っていますよね」
三谷「うん、いい意味の時もありますけどね。悪い意味のほうが多いですね。僕の周りも、だいたいそうですけど、想像しているほど大人じゃないんですよ、三十五というのは」
安達「はぁ……。想像しているほど大人じゃないですよ、十五歳も」

見事な切り返しに言葉を失う三谷
唐突に用意してきた話題を振る三谷

三谷「自分の名前、逆さから言えます？」
安達「（たどたどしく）みゆ、ち、だ、あ」
三谷「今、初めて言ったんですか？」
安達「はい」
三谷「僕らの世代はみんな言えるんですよ、逆さから（スラスラと）きうこにたみ、ほら」
安達「えー、なんでですか」
三谷「この世代は、なんか、みんな言えるんです」
安達「変な世代ですね。それ言って楽しかったんですか」
三谷「別に楽しいわけでもないんですけどね。一応、まぁ、反対から言えるっていうのが、一つのなんかステイタスみたいな感じだったんです。（しつこく）きうこにたみ。ね。普通に言うと、みたにこうきなんですけれども」
安達「……面白い方ですね。モテますか？」

突然の質問に一瞬にしてしどろもどろになる三谷

三谷「あ、いや、そんなにモテないですね」
安達「そうですか」
三谷「ええ。モテモテって感じがします？」
安達「しますね。いい人ですねって言われることは、いっぱいありますか？」
三谷「それもそんなにはなかったですね」
安達「でも、いい人ですね」
三谷「でも、わからないですよ、まだ」
安達「そうですね、会って……十五分ぐらいですか」
三谷「ええ」

「お兄さん」ぶっていたあの勢いが、どこかへ行ってしまっている三谷

三谷「……あの、なんか質問があったら」
安達「質問……」
三谷「なんでも聞いてください」

安達「絵は好きなんですか？」
三谷「絵ですか。描くほうですか？」
安達「はい」
三谷「わりと好きですね。でも、下書きはすごくうまいんですけど、あの、色をつけるとダメになるタイプなんですね」
安達「よくいますよね。どっちかですね、色つけてよくなる場合と。両方うまい人って、なかなかいないですよね」
三谷「本当、だからね、下書きなんかしないほうがいい」
安達「しないほうがいいですよね」
三谷「絵はどうですか」
安達「風景画を」
三谷「風景画が得意？」
安達「たまに描くんですけど」
三谷「それは趣味で描くんですか？」
安達「はい」
三谷「水彩絵の具？」

安達「水彩も、油絵も描くんです」
三谷「へぇ……僕も、だから、子供の頃は好きだったんですけど、色を塗るといつもなんかグチャグチャになっちゃうんで、それで嫌いになっちゃったんですけれども。それがまた好きになっちゃったきっかけというのが」

安達、窓の外に目を移す

三谷「……退屈ですか」
安達「いえ、全然」
三谷「なんか、まだるっこしいんですよ、僕の話って。自分でも思うんですよ」
安達「いえ、あの、好きです、そういう感じが」
三谷「あ、そうですか」
安達「はい。大丈夫です」
三谷「じゃあ、別の話をしましょう」
安達「はい」
三谷「納豆ともやしは同じだってことは知ってますか……知らない？」
安達「そうでしたっけ？」

三谷「あ、大人のように見えて、やっぱりね。実は……」

※納豆話、今回は割愛させていただきます

安達「……（呆然《ぼうぜん》と）知らなかったですね」
三谷「今ので、だいたい話をもたせるんですよ」
安達「そうなんですか」
三谷「なんか質問があれば」
安達「…………」
三谷「僕に対する質問ではなくて、世間一般的なことでもなんでも」
安達「ああ……」
三谷「誠意をもって答えます」
安達「はい」
三谷「なんか、社会に対して疑問を持ってることとかないですか？」
安達「社会のことはよくわからないんですけど、最近の眉毛《まゆげ》はどう思いますか？」
三谷「最近の眉毛、女の人の？」
安達「ええ」

三谷「なんか、最近の眉毛について憤りをもっているんですか？」
安達「あの、細いなと思ってるんですけど。別に剃《そ》らなくていい人まで細くしてるので」
三谷「そのとおりだと思います。その眉毛は？」
安達「剃ってません」
三谷「すばらしいと思います」
安達「髪も染めてないんですよ」
三谷「立派です」
安達「クラスの中で染めてないの、たぶん二人ぐらいしかいないんです」
三谷「えっ、みんな染めてるの？」
安達「みんな茶髪」
三谷「そんなこと、許されないですよ。そうなのか、ショックだな、それは」
安達「で、ルーズソックスって……」
三谷「はい、知ってます」
安達「今、すごい流行《はや》ってて、うちの学校も、みんなそうなんで。私、学年で一人だけ、ルーズソックスをはかないヤツなんです」

三谷「あ、ポリシーで？」
安達「校則なんですけどね」
三谷「みんなが間違えてるんだ」
安達「みんなが間違えてる」
三谷「それは、僕もですね、高校の時に制帽っていうのがあったんですよ、帽子。だから、僕は被《かぶ》るものだと思って被っていましたけど、全校で僕だけだったんですよ、帽子を被って登校してたの。僕は校則だから被ってたのに、そういうのが逆に、変人に思われたりするんですよね。思われていないですか？」
安達「思われていないですね」
三谷「あ、そうですか」
安達「学生らしい髪形っていうのが校則なんですよ。おおまかな校則なんで、どういうのが学生らしい髪形なのかわからないんです。おろしていくとダメなんですよ」
三谷「そうなんだ」
安達「はい。それはちょっと納得できないですね」
三谷「ルーズソックスで思い出すのは、小学校の頃、雨が降ると長靴を履いてたんですけど。長靴履いてると、あの、靴下がどんどん下がってきて。足の先っぽのほうに、固まっちゃうんです。今、長靴って、あんまり履かないですよね。学校には履いていかないんですか」
安達「履いていかないですね」
三谷「雨の日とかは、じゃあ、どういう……」
安達「革、ローファーで」
三谷「え、漏れちゃうじゃないですか」
安達「傘があるから」
三谷「水たまりとか入れないじゃないですか」
安達「入らないですね。でも、雪とか降ると、雪のあるところを歩きたいですね」
三谷「ああ、そうですね。あのまだ誰も踏んでないところとか歩きたいですよね」
安達「水たまりも、そうかもしれないですね」
三谷「あとよく、雪の日に全然足跡のついていないところに、そっと足を踏み入れて、途中から逆戻りして、謎《なぞ》の足跡とか」

一人盛り上がっている三谷
唖然《あぜん》と見ている安達

安達「………」
三谷「(我に返って)……あと、なんか眉毛以外に質問あれば」
安達「チョコミントアイスってあるんですけど」
三谷「はい、好きですよ」
安達「私の周りには、嫌いだっていう人がすごいいっぱいいるんですよ。アイスクリームにミントを入れる必要はないって」
三谷「それは違うでしょう」
安達「それは違いますよね」
三谷「うん」
安達「そんなことといったら、なんにも入れる必要なんか、ないことになっちゃう」
三谷「チョコミントアイスが好きなんですか」
安達「好きなんですよ」
三谷「僕も好きですよ。ハーゲンダッツ」

安達「ああ、ハーゲンダッツ。あれもおいしいですけど、ふだん食べるのは、もっと安いやつなんですけど」
三谷「ロッテとかの？」
安達「自動販売機で買う……」
三谷「ああ、あれか、バーになってる。あれって食べづらくないですか？」
安達「すごい食べづらいです」
三谷「食べづらいですよね、なんかバーの中心に溝が入ってるんですよね」
安達「そうです。その隙間《すきま》が大変なんです、食べるのに」
三谷「販売機、テレビ局とかにもよくありますよね」
安達「いっつも、スタジオで食べるんですけど」
三谷「新宿のパークハイアットっていうホテルの前にも、一つ、その自動販売機があります」
安達「そこでいつも食べてるんですか？」
三谷「そこを通る時はね」

ここで、話題が途切れる

しかしどんなに沈黙が続いても平然としている安達

三谷「……退屈しました？」

安達「いえ、退屈じゃなかったですよ」

三谷「まだ終わってないんですけど」

安達「あ……退屈じゃないですよ」

三谷「映画とかは」

安達「映画は好きです。でも、あんまり詳しくないですけど」

三谷「最初に映画館で観た映画はなんですか」

安達「最初に映画館……アニメだったと思います」

三谷「全然恥ずかしがることはないですよ。僕は『恐竜百万年』っていうSFものだったんですけれども」

安達「わかんないですね」

三谷「総理大臣で、憶《おぼ》えている総理大臣は」

安達「村山さん」

三谷「村山さん？」
安達「すごい最近」
三谷「最近ですね」
安達「全然、なんか政治とかわからないんですよ。円高ドル安とか、よくわからないんです」
三谷「僕もわからないですね。誰が決めてるんだって。あと最初に買ったレコードは？　レコード知ってますよね」
安達「知ってます」
三谷「ＣＤの前、レコードだったんですよ」
安達「はい。この間、レコーディングで、ロサンゼルスに行ったんですけど」
三谷「ええ」
安達「その時に、初めてレコードっていうのを見ました」
三谷「えっ、その時初めてレコードを見たんですか。冗談で聞いたのに……」
安達「ちっちゃい頃見たかもしれないんですけど、記憶にあるのは、それが初めてだと思います」
三谷「あ、ほんと。それはかなりショッキングな発言だな」

安達「………」

じっと三谷を見つめている安達

三谷「……（焦って）今日は、まだ仕事なんですか」
安達「このあとドラマに、また戻るんです」
三谷「大変ですね。じゃあちょっと真面目《まじめ》な話をしましょう。将来やってみたい役は？」
安達「普段の役がやりたいですね」
三谷「普通のＯＬとか」
安達「現実離れしてない、普通がいい」
三谷「けっこうドラマチックなのが多いですからね」
安達「そうなんですよ。非現実的な女の子だとか。今度、生活感のあるのをやってみたいですね」
三谷「もうすぐ終わりますから。今、学級文庫とかってあります？」
安達「学級文庫？」
三谷「教室の窓側の棚に生徒が持ってきた本が並んでいて」

安達「棚はあるんですけど、なんにも置いてないです。座ると怒られるんですよ。なんにも置いてないならなくせばいいのに、あるから座るわけで、それはおかしいですよね」
三谷「でも棚に座っちゃいけないですよ」
安達「ああ、そうですね」
三谷「じゃあ、学級文庫がないんだったら、こうやって学級文庫って言う遊びも、知らないってことですよね」
安達「知らない」
三谷「こうやってね、学級文庫って言うと面白いんですよ」

と、両手の人差し指で口を左右に広げてみせる三谷

三谷「やってみて」
安達「……待ってください。こう？」
三谷「そうそう。恥ずかしがらずに」
安達「ガッキュウ……なにがおかしいのかわからないですけど」
三谷「やってみるとわかります」

安達「でも笑っちゃって言えない」
三谷「女優なんだから、照れちゃダメだ」

どうしても笑ってできない安達

三谷「ま、家に帰ってゆっくりやってみてください」
安達「……やってみます」

第十三話

忘れがちな女

人物　石田ゆり子［女優］
三谷幸喜

ホテルのラウンジ
向かい合う石田と三谷
個室では緊張するという石田の要望で、フロアの片隅の席で対面する二人
石田は、青と白のストライプの清楚《せいそ》なブラウスに紺色のパンツ
伏し目がちの石田
三谷も黙ってコーヒーを飲む
いつになく口数の少ないゲスト
しょっぱなから永遠とも思える沈黙の時間が流れる

石田「…………」
三谷「…………」

石田「…………」
三谷「…………」
石田「……（唐突に）加藤紀子さんの回を読ませていただいたんですけど」
三谷「あれはかなり弾んでた回です」
石田「ああ、そうなんですか。いつもこういう感じなんですか」
三谷「今まででいちばん弾んだのは、安達祐実さんの回です」
石田「……お会いできてたいへん嬉《うれ》しいです」
三谷「ありがとうございます」
石田「緊張します？」
三谷「これでもだいぶ慣れたんですけど。もうすぐ連載が終わるんです」
石田「終わりなんですか？」
三谷「……本当はもっと喋《しゃべ》り上手《じょうず》になるはずだったんですけど、結局最後までこれでしたね」
石田「私もすごく苦手なんで、わかります。普通に話すのはあれなんですけど、こういうものがあると話せなくなっちゃうんですよね」

と、テープレコーダーを指す石田

三谷「ああ……」
石田「（慌てて）でも、大丈夫です」
三谷「僕は、なくてもダメですね。初対面の人は―」
石田「『やっぱり猫が好き』も、家族みんなで観てまして。でもそれが三谷さんの作品だったっていうのが一致したのは、つい何年か前なんですけど。はい。だから、ずっとお会いしたかったんです」
三谷「『猫』ってあの、僕だけじゃなく何人か作家の方がいらっしゃって、よく観てました、って言われるんですけど、何とかの回は面白かったですね、って。でも、たいてい僕の回じゃないんですよ」
石田「あれ、全部そうじゃないんですか」
三谷「じゃないんです。後半は僕が一人でやってる時が多かったんですけど」
石田「カンガルーの出てくる話は」
三谷「あ、カンガルーは僕です」
石田「ああ、よかったです、カンガルー」

三谷「ワラビーなんですけどね、正確に言うと」
石田「なんか聞きたいことがいっぱいあったんですけど、忘れてしまいました。お会いしたら……。ええと……」
三谷「ま、時間はたっぷりありますから」
石田「……あの、舞台とかを拝見しているといつも思うんですけど、なんというか、私もけっこうそうなんですけど、追求しすぎてヘンなところ、いっちゃって、最初考えてたこととまったく別の答えになってしまったりするんです。三谷さんも小さい時からわりとその、追求していくご性格だったんじゃないかな、と」
三谷「わりと追求して、いろいろ深く探ろうとするんですけど、やっぱり、やってるうちに何を追求していたのかわかんなくなったりとかしますね」
石田「やっぱり……。わかります……」
三谷「……このホテルのラウンジ、よく打ち合わせに使うんですけど、この前、元『さきがけ』の武村さんっているじゃないですか、ベッコウのメガネかけた」
石田「ええ」
三谷「あそこに座ってました」

と、奥の席を指差す三谷
慌てて振り返る石田
三谷「あ、今はいませんよ」
再び正面を向く石田
石田「指定席なんですか、あそこが」
三谷「まあ、一回座ってただけですから。指定席かどうかわかんないですけど」
石田「私は、政治に興味がない……わけじゃないんですけど、政治家を見るとみんな悪い人に見えてしまって……」
三谷「そうですね……だんだん、なんか顔つきが悪そうになってくるんですよね」
石田「昔、テレビで観たトンガの王様、すごい可愛《かわい》いんですよ。裸で太ってて、パンツだけはいてるんです。水中メガネみたいなメガネをしてて……」
三谷「見たことあります」
石田「立派な椅子《いす》に座ってるんですよ。子供の時に見たような絵本って、そういうシーンってあるじゃないですか。そのまんまで。そういう人があの国を仕切ってるんです」

三谷「…………」

石田「日本も……そうなればいいのに」

三谷「…………」

どうフォローしていいかわからず、うつむいてしまう三谷

三谷「……ほんと、そうですよね」

石田「……言えば言うほど泥沼にはまってますね。政治のこと、よくわからなくて」

三谷「僕もあんまり興味ないですから、政治。大丈夫です」

石田「……本当にたくさん聞きたいことがあったんですけど、本当に忘れてしまって……。ちょっと待っててください」

三谷「でも、だいたい、僕に会うとがっかりして帰る人が多いんですよ。肩すかしを……秋元康さんとかも、前にお会いした時、みるみるがっかりされて、帰られたって感じがしました」

石田「そんなこと、全然ないですよ。なんだろう……。あの……うーん……。ええと……」

三谷「じゃ、僕がなにかつなぎで話をしてますから。……石田三成《みつなり》とは関係あるんですか」
石田「あの、おばあちゃんが言うには、まあ、石田三成は自分たちの祖先だって」
三谷「本当ですか」
石田「わかんないですけどね。おばあちゃん、おととし亡くなったんですけどね」
三谷「石田三成はお好きですか？」
石田「三谷さん、お好きなんですよね」
三谷「好きなんですよ……なんで知ってるの？」
石田「『月刊カドカワ』の資料をいただいて。それに書いてあった」
三谷「大好きなんです」
石田「子孫だといいですね」
三谷「という感じでむりやり話をつないでいるんですけど」
石田「じゃあ……」
三谷「ゆっくり思い出してください」
石田「昭和何年生まれですか」
三谷「三十六年」

石田「三十六年、八つ下です、私」
三谷「何月生まれなんですか」
石田「十月です」
三谷「何日？」
石田「三日です。占い？」
三谷「ただ聞いただけです、ごめんなさい」
石田「十月三日は、真木《まき》蔵人《くろうど》君と一緒なんです。聞いてないか誰も」
三谷「僕は大木凡人さんと一緒です」
石田「何月何日ですか」
三谷「七月の八日」
石田「七月八日ってなんかいい感じですね。映画がありましたよね。『7月4日に生まれて』」
三谷「それは七月四日です」
石田「そうですよね」
三谷「…………」
石田「…………」

再び、永遠に続きそうな沈黙が訪れる

三谷「自分の名前、逆さから言えます？」

石田「（すばやく）こりゆだしい」

三谷「言えますね」

石田「言えますよ。家族全員、言えますよ」

三谷「もっと下の世代になると言えないんです。そんな遊びはなかったって安達祐実さんに言われて」

石田「普通言えますよね」

三谷「ええ」

石田「…………」

三谷「……なんか思い出しました？」

石田「……スポーツは何か」

三谷「スポーツは子供の頃にサッカーを……」

石田「最近は？」

三谷「最近は、サッカーを観るほう」

石田「水泳とかはやられませんか」
三谷「水泳……やりますけど、平泳ぎですね、主に」
石田「あ、私、平泳ぎの選手だったんです、ずーっと。実は、本当に」
三谷「へえ、そうなんですか。僕、顔、つけて泳げないんですけど。どうすればいいんでしょう」
石田「大丈夫です。みなさん、そう言うんですよ。水泳があんまり好きじゃないという方は。でも、水泳は運動神経じゃないんで、絶対、誰でもできますよ……先生みたいですね」
三谷「なんかあの、目線のやり場に困るんですよね。顔、上げるじゃないですか、水面から。あの時、どこを見たらいいか。あと、濡《ぬ》れた顔を人に見られるのが照れくさいというか……」
石田「やだぁ、ゴーグルすればいいじゃない。真っ黒いゴーグル……」
三谷「それと、プールはあれが困るんですよ。向こうまで泳ぎきって、上がってこっちに戻ってくる時に、なんか、どうすればいいのかわかんない。なにを考えながら戻ればいいですか、ああいうの」
石田「あーあ、なるほど。ああ、泳いでは帰ってきちゃいけないんですね」

三谷「そういうとこあるんですよね、一方通行っていうか。誰が見てるっていうわけじゃないんですけど、なんかそういうの気になるんですね……自意識過剰なんですね」

石田「でも、そういう感性……感性っていうとおこがましいですけど、感覚が、三谷さんっぽいですよね。すいません、知らないくせに。私が感じる三谷さんの感覚って、ああ、そういう感じなのかなって」

三谷「前に四十メートルを真剣に泳いだらどのくらいの速さで泳げるかやってみたら、五十八秒だったんですけど、速い？」

石田「ああ、それは遅いです。私、平泳ぎの選手で、五十メートルが三十五秒くらいでした」

三谷「三十五秒……」

石田「わかんないですよね。あの、岩崎恭子ちゃんが、たぶん三十二、三秒じゃないかな……」

三谷「ものすごく速いじゃないですか。僕、走ってもそのくらいかかるかも」

石田「マラソンは？」

三谷「わりと……長距離が向いてるみたいですね。実は先週の土曜日に、駅伝に出たんですよ」

石田「えっ、本当に？」

三谷「ええ。あの、『ふれあい葛飾《かつしか》駅伝』っていうんですけど。高校の同級生がマラソンやっていて、みんなで走らないかっていう誘いがあって」

石田「へえ……」

三谷「四キロ二十六分五十四秒だったんですけど。それはどのくらいの記録かというと、五人で走るんですけど、一人、当日具合が悪くなったやつがいて、その人の奥さんが急遽《きゅうきょ》走ったんですよ。その奥さんが二十六分十四秒だったんで……。その人に負けてるんです。でも、速さじゃないです。完走することに意味がある」

石田「偉いですね」

三谷「五十組走ったんですけど、おかげで最下位になりまして。最後のやつが走り出した時には、もう撤収、始まってて。淋《さび》しかったです。走るのはどうですか」

石田「わりと、マラソン、好きですね。私、毎日十キロ泳いでたんですよ、選手だった時。そういう毎日だったんで、なんかこう、運動によって自分を痛めつけたいというか。皆さん、びっくりしますけど、私は体育会系なんです、精神が」

三谷「僕もそういうとこありますね」

石田「いちばん得意な種目は？」
三谷「いちばん得意なのは、スポーツといえるかな、モグラたたきですね」
石田「…………」
三谷「これは本当に得意なんですよ」
石田「へえ……ゲームセンターの」
三谷「UFOキャッチャーもうまいですし。プリント倶楽部《クラブ》も……」
石田「海は……。ダイビングとかはされませんか」
三谷「スカイダイビング？」
石田「いえ、海……。スキューバダイビング」
三谷「スキューバダイビングね。したことないですけど。よくお潜りに？」
石田「はい。二十歳の頃にライセンス取って、時々沖縄に潜りに行くんですけど」
三谷「素潜り？」
石田「ライセンス取って……。素潜りのライセンス、ないんで」
三谷「あ、ないの。あの、背負って？　言葉の意味があんまりわかってなくてすみません……スキューバダイビングとスカイダイビングもよくゴッチャになって……。
本当、飛行機からああいうタンク背負って飛び降りるのかと思ってましたから。

そのまま海に」

石田「ええっ……。……高い所は嫌いですか。役者の間では三谷さん、飛行機に乗れないって有名ですよ」

三谷「本当ですか、いつの間に知れ渡ったんだろう……。例えばハイジャックされて、乗客が全員人質になったとするじゃないですか」

石田「ええ」

三谷「で、誰か一人残して、あと全員解放みたいなことになったとするじゃないですか。そういう時、たぶん僕、『お前残れ』って言われそうな気がするんです。なんか昔からそういう星の下に生まれてるんです。これは自信ありますね」

石田「そうですか……」

三谷「何かあった時、もし、新聞にそういうのが出たら、『ああ、やっぱり、三谷さん、連れてかれたか』って思ってください」

石田「……私もちょっとヘンだってよく言われるんです。『私も』って、失礼ですね。私は……」

三谷「一緒にしてくれて嬉《うれ》しいです」

石田「私は……私もなんか目のつけどころがおかしいって、よくいろんな人に言われるんですね。自分ではそうは思わないんですけど」
三谷「それは例えば……」
石田「例えば何だろう。わかんないの、自分では。そうですね……くっだらないことなんですけど、トイレのマットとかありますでしょう。なんで、そういうマットって、あるんだろうと思うんです。ね、あれはなんのために。あと、ドアのノブ・カバーとか、電話カバーなんか絶対必要ないし……電話、寒いわけじゃないから。あとはなんで人間が歩く時に、右手と右足が一緒に出ないんだろう、とか……そんなことを日々考えている時があって。途中でバカバカしくなってやめるんですけど。そういう時期ってありませんか」
三谷「いや、今の問題に関しては僕も、悩んだことがありますね。便座カバーはでも必要だと思うんですよ。あれはいらないと思うんですけど、あのトイレのふたカバー」
石田「ふたカバーもわかんないですよね。カバー類に関してはけっこう疑問がありますね」
三谷「わりと日本の人は何でもカバーをつけますね、ティッシュとかも」
石田「ティッシュ・カバーもわかんないし……」

三谷「僕の小学校の頃、ハーモニカ・カバーもありましたからね。ありました？」
石田「ハーモニカはケースに入ってました」
三谷「それを先生の指示で、さらに入れる袋を作らなきゃいけなかった」
石田「カバーのカバー。へえ……。けっこう話弾みましたね」
三谷「そうですね」
石田「どうでしょう。弾んだほうですか、これは」
三谷「ああ、もうすごいでしょう」
石田「いやあ、よかった……いっぱい、本当にね、私、お会いしたら聞きたいこと本当にいっぱいあったんですよ。でも、頭真っ白になってしまった」
三谷「いつでも受けつけてますから、思い出したらご一報ください」

第十四話

ナイスフォローの女、再び

人物　八木亜希子［フジテレビ・アナウンサー］
三谷幸喜

フジテレビ・応接室

向かい合ってソファに座る八木と三谷

ベージュのシルクのシャツを着た八木、上二つ目までボタンをはずしている

手にはガーゼのハンカチ

実は、ついさっきまでこの部屋では、あの君島《きみじま》家の長男氏の独占インタビューが行われていた

三谷「暑いですね、この部屋」

八木「ああ、暑いですね」

三谷「君島家の温度になっている」

八木「君島家」

三谷「あの長男の方ってあの人に似てるんですよね、かいわれ大根の、あの……」
八木「あ、そっくり。南野農園の方に」
三谷「そうそう」
八木「似てますよね、ほんと。へぇ……」
三谷「たぶん、この前お会いして以来ですよね、お会いするのは」
八木「ええ。あ、積極的にお話しなさっていらっしゃる」
三谷「場《ば》数《かず》踏んでますから。十一回だったのが、結局十四回まで延びて……。ずっとお読みになってたんですか」
八木「見守らせていただきました」
三谷「ありがとうございます」
八木「私なりに。安達祐実さんの回、けっこう面白そうでしたね」
三谷「かなり弾みましたね」
八木「逆さ言葉の話なんて」
三谷「あっ、髪お切りになったんですね」
八木「そうなんです。この一年でなにか変わりました？」
三谷「絵がうまくなりましたね」

八木「じゃあ私の時、いちばん下手《へた》だったってことですか」
三谷「あの時に、八木さん髪長かったじゃないですか。でも、なんか長く描くと、うまく似なかったんで。ちょっと嘘《うそ》ついて、短いふうにしたんですよ」
八木「私、似顔絵、難しいんですって。だから、いちばん難しい人が最初になっちゃったんですね。なんか私、採点してる人みたい」
三谷「ええと……」
八木「緊張はしなくなりました？」
三谷「うーん、人によりますよね」
八木「ほら、間ができたら、絶対、もう自分から喋《しゃべ》らないっておっしゃってたじゃないですか」
三谷「でも黙っていれば、意外に相手はいろいろ喋ってくれるってことがわかりました」
八木「それは、相手が辛《つら》かったんじゃ……」
三谷「聞き上手《じょうず》、ある意味で」
八木「相手は、自分が聞かれると思って行ったら、自分がいつの間にか聞いてるみたいな」

三谷「あと、どんな人でも、なんらかの共通した話題があるってことも発見しました」
八木「どんな人でも？」
三谷「やっぱり二時間ぐらい喋ってると、なんか一個ぐらいは共通点があるっていう」
八木「ああ、安達祐実さんとの共通点は？」
三谷「チョコミントアイスが好きだっていう」
八木「あ、ああ……」
三谷「あと、石田ゆり子さんは、水泳を共に好む」
八木「仲だった」
三谷「実を言うと、ここで白状しますけど十朱さんの時までは、僕もとりあえず相手の方のことをいろいろ……」
八木「ちょっと待ってくださいよ、十朱さんまではって、私と十朱さんだけじゃないですか……」
三谷「ですから、とりあえず、事前に相手のことを少しは知っておかなければ、失礼になるかなと思って。例えば十朱さんの場合は、映画を観たりとかしていたんですけれども」

八木「じゃあ、私の場合は？」

三谷「その朝、『めざましテレビ』を。一応、今日も観ました」

八木「いつも観てくださってますね、ええ」

三谷「話、飛びますけど、今日みたいな事件（ペルーの日本大使館人質事件）があった時とかって、一応全編通じて、わりとシリアスな雰囲気になっちゃうから大変ですよね」

八木「やっぱりなんか、気持ちってけっこう入るものですね。本当に心配しちゃうっていうか。お家で、例えば、ミカン食べながらニュースを観てたりすると、わりと、心配だなとは思っても、どこか遠いことだし、人ごとじゃないですか。でも、こう、ずっと私たちの場合、向こうの現地にいる人と生でやりとりしたりとか、こっちで詳しい人に話を聞いたりするので。やっぱり、かなり入りこむところはありますね」

八木、三谷の目が泳いでいることに気がつく

八木「……今、ちょっとわかりにくかったですね」

三谷「えっ、そんなことないです。今はちゃんと聞いていました」
八木「私、ちょっと、すごく真面目《まじめ》な話したんですけど、もしかして、三谷さん、また遠くに行かれてるのかしらって思ったんですけど」
三谷「昔は、こういう時は確かに他のことを考えていたんですけど、今は、そうじゃなくて逆に真剣に聞いてるってことをどう……」
八木「アピール」
三谷「そう、どうアピールするかを考えてました」
八木「それね、他のことですよ、すでに」
三谷「そうか……」

三谷、額の汗を拭《ふ》く

八木「……かなり暑いですね」
三谷「君島パワーが」
八木「君島さんは、これ、だって、ライトもたいていましたよね。大丈夫だったんでしょうか」
三谷「かなりきてたと思いますね」

八木「ヒートさせることが狙《ねら》いだったんでしょうかね」
三谷「そうかもしれない」
八木「ちょっとね、逆に、こう、カーッとしてきて、思わず話してしまうみたいな」

と、三谷はよそ見を始める
めざとく見つける八木

八木「今の話も、あまり興味なかったですか」
三谷「いやいや全然。今、君島氏がどこに座ってたのかなと思って見渡してたんです」
八木「三谷さん、廊下で待ってる時『キミジマ、キミジマ』って、興奮ぎみで。緊迫感がありましたよ」
三谷「で、話は戻りますけど」
八木「あ、戻りたかったんですか」
三谷「テクニックとして覚えたんです。それた話は必ず戻さなきゃいけない」
八木「はい」
三谷「ええと、十朱さんのところまで、そうだったたっていう話でした」

八木「ええ、十朱さんまでは準備を。あ、ずいぶん前ですね」
三谷「だけど、そういう下準備は必要ないってことを発見して。お見合いとかもそうですけど、初対面で人と話す時とかも、やっぱりその場で共通点を探っていくっていう。なんか、そういう、あるじゃないですか。そういう緊迫感のほうが、この対談は面白いだろうってことで。あんまりお会いする前に、いろんなことを調べたりとかしないようにしたんです」
八木「でも、あれですか、意外と共通点って、話していると見つけられるものですか」
三谷「なんか、もう本当に必死になると、出てくるもんですね。あ、そうだ、僕、この前ですね」
八木「あ、なんか積極的に話してる」
三谷「この前って、ずいぶん前ですけど。新宿で、紀伊國屋《きのくにや》の前を歩いてたら、めざまし調査隊がいたんですよ」
八木「へえ」
三谷「なんか、白いベンチを置いて、そのどっち側に座るかみたいな実験を」
八木「触るやつ？　ペンキ塗りたて……」

三谷「いや、なんか、通行人を座らせてインタビューをしていましたね。で、僕も声かけられたいなと思って、何回か往復したんですけど」
八木「えっ」
三谷「そのチャンスには恵まれませんでした」
八木「そうですか。残念でしたね」
三谷「わざとカメラの前を通ったりとか」
八木「え、じゃあ、(画面に) 見切れていなかったですか」
三谷「その、放送されたの観てないんで、ちょっとわからないんですけど。映ってたとしてもちょっとですけど」
八木「なんでうちのスタッフ気付かなかったんでしょうね」
三谷「地味な人間ですから」
八木「それって悲しかったですか」
三谷「うん、ちょっと。かなり行ったり来たりしたんですけど。『めざましテレビ』はまだまだ続くんですか」
八木「続くと思うんですよ。なんか、たぶん、続いてしまいそうな」
三谷「ライフワーク」

八木「いや、どうでしょうね。朝の番組をやっていると、本当に人と、なんか会わない生活になっちゃうんで。一年目よりも二年目、二年目よりも三年目っていうふうに、どんどん、ちょっと人が苦手になっていったりしますね。私ちょっと、前会った時より、引っ込み思案じゃないですか。立場逆になってません？」
三谷「そんな感じしました」
八木「ちょっと、前よりね」
三谷「僕が成長したのかなと思ってた。そうそう、この連載は今回で終わりなんです、最終回」
八木「これは、おめでとうございますで、いいのかしら」
三谷「最後に、どうしても八木さんに、僕の成長を見てほしいと思って……」
八木「ああ、ありがとうございます。そんな、私に」
三谷「どうでしょうか、僕の変貌《へんぼう》ぶりは」
八木「私がちょっと下がっていることがわかったんで、正しい判断かどうかはわかりませんが……昔は、でも、もっとすごい『間』ありましたよね」
三谷「もう、パニック状態だったですから。精神的に、あの頃の僕は」
八木「あの頃ね、目を見て話してくださらなかった」

三谷「でしょう？」
八木「顔を上げてくださらなかった気がする」
三谷「今はいくらでも見ていられます」
八木「この対談をやって、すごくよかったことって何でした？」
三谷「やっぱり初対面の人と気軽に話せるようになったっていうのは大きいな」
八木「そうですか？」
三谷「うん、かなりフランクに話せるようになったんですよ」
八木「それは他のところでも生きました？」
三谷「ええとですね……」
八木「別に対談じゃない時とかも」
三谷「ありましたね。今度、鈴木保奈美さんと仕事をするんですけど。打ち合わせで初めてお会いした時に、今までの僕では考えられないような突っ込んだ話し合いをしました」
八木「え、積極的」
三谷「でも、途中から、もう、わからなくなっちゃって。『月刊カドカワ』の取材と、ちょっと勘違いしたところもあって、『あ、これは対談じゃなかったんだ』って」

八木「そうですか」
三谷「あと、やっぱり、場に慣れたというか、こうやって話しながら、頭の中で次の話題を考えるっていうのも、だいぶできるように」
八木「あ、そうですよね。前は……」
三谷「ええ、話題が尽きるたびに間ができてましたから。でも、本当は僕は意外にそういうの得意なんですよ。二つのことを同時にこなすのって……」
八木「違うことを考えたりとか」
三谷「例えば、これできますか？」

と、三谷、いきなり右手をグーに、左手をパーにしてテーブルの上にのせる
そして、右手を上下運動させ、左手を前後運動させる

八木「え……」
三谷「で、すぐ替えるんです、こうやって。やってください」

そう言って三谷、今度は右手をパーに、左手をグーにして、動きも左右逆にしてみせる

八木「………」

挑戦する八木
頭ではわかっていても、全然手がついていかない

八木「あ、できない」
三谷「でしょう？　こういうの、わりと僕、得意なんですよ、だから話しながら次の話題を考えるのも、本当は向いてるのかもしれない」
八木「悲しいですね、これ」

何度もトライする八木

八木「これ、できるまでやらないと気がすまなくなる。あとは……」
三谷「あとは、そうですね、例えば右手で丸を書いて、左手で三角を書くとか」
八木「そのことじゃなくて、対談をやって……」
三谷「よかったこと？」
八木「他には」
三谷「それくらいかな、でもそれは大きいですからね、初対面の人と話せるようにな

ったのは」
八木「充分ですね」
三谷「ということで、今回は最終回ということで第一回目のゲスト、八木亜希子さんに来ていただきました。どうも二回もありがとうございました」
八木「ありがとうございました」
三谷「それでは写真を一枚」
八木「なんか書くんですよね、写真の横にコメントを」
三谷「いえ」
八木「いいんですか」
三谷「あれはやめたんです、二回目から」
八木「私だけで」
三谷「そうです」
八木「私だけだったんですね……」

あとがきにかえて

ドラマの仕事をしていると、しょっちゅう女優さんと食事したり、お喋《しゃべ》りしているように思われがちです。実際そういう作家もいらっしゃるみたいですけど、僕の場合は、ほとんど撮影現場に顔を出すこともなく（撮影中は大抵次の週の台本の締切に追われていて、それどころではありません）、たまに現場に行っても、『ホンが遅れてすみませんでした』とお詫《わ》びするのが精一杯で、世間話なんかほとんどした記憶がないのです。

ですからこの仕事で、普段テレビでしかお目に掛かれない憧《あこが》れの皆さんにお会いして、じっくりお話し出来たのは、非常に貴重な体験でした。

ただし、ゲストの方々には、大変な迷惑を掛けたようです。

特に初期の頃は異常なほどに緊張していたため、ほとんど話が耳に入っていませんでした。今、読み返しても、会話を進行させようという心意気が微塵《みじん》も感じられない。

対談のホストとしては、あまりに口数が少なく、しかもガチガチになっているので、ゲストの方は、逆に気を使って下さって、聞いてもいないのに、色々と楽しいお話を披露して下さいました。

そういう意味で、僕はやはりかなりの聞き上手《じょうず》なのかも知れません。

なんとか話を盛り上げようと努力して下さるゲストの皆さん。その悪戦苦闘ぶりの中から、意外な素顔が覗《のぞ》いて、そういう意味でも非常に貴重な対談集になったのではないかと思います。

「この本の使い方」にも書きましたが、僕はこの対談を戯曲のつもりで、再構成しました。

台詞《せりふ》でものを表現する仕事をしている人間にしてみると、雑誌でよく見かける対談というものは、あまりに会話にリアリティがないので、読んでいて、とてももどかしい気持ちになってしまうのです。

別に読者の方は、活字の対談に、リアルな会話を求めているわけではないので、それはそれで構わないのですが、自分でやるからには、やはりそうでないものが作りたい。

そこで、インタビューのテープ起こしの記録を元に、原稿に再構成する際、可能な限り、ゲストの方との生きた会話を活字で再現するように心がけました。むしろ会話の中身よりも、その時の緊張感や、話が盛り上がらずに気まずい思いをしている、その時の雰囲気というか、空気を味わって貰《もら》えたらな、と思います。

このまま会話劇としても上演可能だとは思いますが、実際上演しようと考える方はいないでしょうし、いたとしてもやらない方が無難だと思います。

なお、あくまでも戯曲のつもりで構成したので、対談に付き物の（笑）マークが、この本には一度も出て来ません。

（笑）マークは、それさえ入っていれば、なんだか会話が盛り上がっているように見えてしまう、ずいぶん便利な発明品です。

しかし、それに頼ると劇作家として駄目になってしまうような気がしたので、この対談集では、どんなに会話が盛り上がっても、決して（笑）マークを使わず、会話だけで、その場の楽しい雰囲気を再現するように努めました。

さて読者の皆さんには、この本から次の三つのことを学んで頂きたいと思います。

第一線で活躍されている方は、皆さん人間的にもやっぱり素晴らしいということ。

どんな相手でも、真剣に語り合えば、必ず共通の話題を見つけることが出来るということ。

そして、枝豆ともやしは、どちらも大豆から作られるということ。

最後になりましたが、こんな最悪のホストに快くつきあって下さったゲストの皆さん、本当にありがとうございました。

気まずいその後

三谷幸喜

この対談が「月刊カドカワ」に連載されたのは、95年から97年にかけて。あれからいろんなことがありました。一番の変化は、「月刊カドカワ」がなくなっちゃったことでしょうか。

僕はといえば、映画を撮って、舞台の演出も再開してと、比較的人前に出る仕事が続いたせいもあり、元来の「人見知り」は少しずつ改善されて行きました。僕のトーク術が最高潮に達したのは、97年の終わり頃。映画が公開され、宣伝のために雑誌の取材を山ほど受け、テレビのバラエティにも出たりと、人前で喋る回数が飛躍的に増えたために、ますます弁舌はさわやかになり、流れるようなトークにはさらに磨きが掛かって、僕の「ベシャリ」人生はまさに最高の瞬間を迎えたのでした。

残念なことにその後、孤独な執筆生活が復活し、人に会わない生活が続いたために、現在は完全に元の「人見知り」に戻ってしまいました。しかも確実に歳を取っているせいか、最近は言葉もすぐに出て来なくなり（先日は、『片栗粉』という単語を思い出すのに二分も掛かってしまいました）、むしろ情況は以前よりも悪化しているといっていいかも知れません。

さて、対談相手の皆さんとの、「その後」について、ご報告しておきましょう。

八木さんとは、映画の時に、ナレーションをお願いしたり、宣伝番組を手伝って貰ったりと、いろいろお世話になりました。二回も対談した甲斐があったというものです。

桃井さんも、映画にゲストで出演してくれました。D・Jの〝おたかさん〟という、ドラマ「古畑任三郎」の時と同じ役で。

林家パー子さんは、映画の完成披露試写会に、ご主人と二人で来て下さいました。今だに、お二人は、僕にとっての理想の夫婦像です。

緒川たまきさんとは、本文中でも触れていますが、対談の直後に「竜馬におまかせ！」というドラマに出て頂きました。

平野レミさんは、ご主人の和田誠さんとお仕事をご一緒させて頂いたご縁で、その後も何度かお会いしています。あのレミさんが、ご主人の前では、いつも控えめな奥さんなのが、不思議でなりません。

手相観《み》の日笠さんには、最近また手相を観て頂く機会がありました。あれだけ誉められると、ちゃんと今でも、いい手相をキープ出来ているのか、とても不安でしたが、どうやら、まだ大丈夫でした。ただ、欲求不満の相が出ているらしく、それがちょっと気になります。

西田ひかるさんとは、その後、二度お会いしました。一度目は、原宿の交差点で、たまたま僕が乗っていた車の隣に、西田さんの乗った車が停まった時。二度目は、「ラ・マンチャの男」を青山劇場へ観に行った時、たまたま彼女も観に来ていて、楽屋前の廊下でバッタリ。どちらも一瞬の出来事でした。

対談の中で「友達になりましょう」と約束した加藤紀子さんは、対談の直後、僕の舞台にご招待させて頂きました。加藤さんのエッセイに、その事が出ていて、それを読んだ時はとても嬉しく思ったのを覚えています。その後の交流はありません。

十朱さん、蘭々さん、森口さん、安達さん、石田さんは、ご縁がなく、その後は一度もお会いしていません……。

さて、この「気まずい二人」が単行本化された時、いろんな方からこういう指摘を受けました。

「連載時より、対談相手が少なくなっているのはどういうことか」

そうなんです。この連続対談、ここに収録してある回の他に、単行本未収録のゲストが、実はあと二人いるんです。本にするのは罷りならん、と事務所からダメが出てしまい、単行本化の際に泣く泣くカットしたのです。理由は分かりません。よほど対談の内容が気に入らなかったのか、僕の似顔絵が許せなかったのか。誰と誰なのかは、ここには書けませんから、連載を読んでいた人にでも聞いてみて下さい。

そしてここだけの話、さらにもう一人、幻のゲストが。その人はなんと、雑誌にすら掲載されていないのです。どういうことかというと、対談をするにはしたのですが、彼女は、僕のつたない進行に腹が立ったのか、対談中にとてもお怒りになられたのです。申し訳ないと思いつつも、面白かったのでそれをそのまま文章で再現したら、ゲラを読まれて、さらにお怒りになられて、こじれにこじれた挙げ句、結局その回はボツになったのでした。今、ゲラを読み返すと、対談の時の緊迫した様子が伝わって来て、この対談集の中でも一、二を争う出来なのですが、お見せ出来ないのが残念です。

興味がある方は、僕と友達になって、個人的に見せて貰って下さい。

解説

香山リカ（精神科医）

ヒット作連発、当代人気ナンバーワンの脚本家。そんな人は、いったいどんな生活を送っているのだろう。きっと、われわれ一般庶民からは想像もできない華麗な生活を送っているはずだ。たとえば、人気アイドルが突然、自宅を訪れ、「私、先生の作品に出てアイドルから大人の女優へと脱皮したいの！　次の作品に私を出して！」と抱きついてくることもあるかもしれない。あるいは、国際演劇フェスティバル（というのがあるのかどうかも知らないけど）のパーティで知り合ったハリウッドスターから、「ハーイ、今度の休暇は私の持っている地中海のヨットで過ごさない？」と電話がかかってくることもあるだろう。もちろん、キムタクや松嶋菜々子レベルなら、「よっ、キムちゃん元気？」と「ちゃんづけ」でオーケー…。改めて文字にしてみるとさすがに現実離れしてバカバカしい気もしてきたが、「人気脚本家」と言われると条件反射的にこんなイメージを抱いてしまうのは、私だけではあるまい。人は、意外と職業名とその人のライフスタイルや人格をふるーい紋切り型の公式で結びつけてしまうものなのだ。「医者＝外車に乗ってロレックス」とか「ＯＬ＝ボディコン、ブランド」とか。

しかし、少なくともこの著者の場合は、そういう紋切り型の人気脚本家イメージとはずいぶんかけ離れた人格を持っているようだ。人見知り、緊張しやすい、会話が苦手で「間」が多い…。しかも、その生活も「全曜日、家にいる」「番組の打ち上げに行っても、なかなか入り込めない」ときわめて地味。さらにはその関心のほとんどは、天下国家の大問題よりも「もやしと枝豆はもともと同じものか」「猫アレルギーを克服するには」などの細かいこと、というよりは言っちゃ悪いけどどうでもいいことに注がれているようなのだ。

冷静に考えてみれば、もちろんそういう「人気脚本家」がいてもいい。「え、そうだったの」と自分のイメージが崩されたことに軽いショックは感じるものの、それ以上「どうしてくれる。人気者ならそれらしくしてくれないと困る」と腹を立てる人はあるまい。

とはいえ、その口下手や緊張につき合わせられることになったら、どうか。「華麗なる生活を送っていないのにはがっかりしたが、百歩譲ってそれはよしとしよう。でも、なぜあなたが人前でドギマギしているところを、私までが見なければいけないのか」といきり立つ人も出てくるのではないか。

…とまあ、そこまで深刻に考える必要はないのだが、これはそういう本だ。読者は、人並みはずれて会話の流暢さのレベルが低い（と思われる）三谷幸喜氏が、よりによって十朱幸代さんとか石田ゆり子さんとか、会話に自信がある人でもビビってしまうと思われる人気女優さんたちと対談をする（というかしようと試みる）様子を、じーっと見つめていなければならない。しかも、「話の間」と思われるところにはちゃんとスペースがはさみこまれており、「三谷、手元のウーロン茶をぐっと飲み干す。桃井も、ビールを一気に飲む」などのいかにも気まずさを伝えるようなト書きまでつけられているので、読者は一瞬たりとも気が休まることはない。「あ、いえ…」「わかんない…」といった無意味な相づちが続くところなどは、「いや、英語っていうのは不思議なもので、たとえば去年、アメリカに行ったときにね」などと会話に割って入りたくなるほどだが、それもできない。

中には「ワハハ、こいつダッサイのー」と笑って読み飛ばす剛の者もいるのかもしれないが、たいていの読者は私のようにフラストレーションがどんどんたまっていくのではなかろうか。もちろん私の場合、精神科医という職業柄、なんだか神経症の患者さんがムリをして「直面法」という治療法（自分がいちばん恐れている状況にあえて飛び込む、という恐怖の治療法。ちなみに私はまだ試みたことはない。オソロシすぎるから）に挑戦している姿とダブってしまい、余計にハラハラ、イライラするのかもしれないが。

ここでちょっと横道にそれると、人と話をするのが苦手、という対人恐怖症ぎみの人にとって、最も穏便なトレーニングは「中間的な距離の人とのコミュニケーション」である。そういう人は、あまりに近しくてしがらみも多い間柄（友人や会社の同僚など）とあまりに遠くて関係性もはっきりしない間柄（演説を聞いてやろうとなんとなく集まった人々など）がいちばん苦手である。だから、「関係性も明確で、しかもしがらみはなく一回きり」の人——たとえばタクシーの運転手さん——と会話の練習をすれば、けっこうスムーズにいくことが多いのだ。顔も見なくてすむし。ふらっと立ち寄った理髪店の理容師、などもいいかもしれない。そう考えれば、「いきなり仕事上はちょっとは関係のある女優さんとお話」というのがいかに無謀で危険な治療法か、ということがよくわかる（あ、すっかりこれが「治療」だと決めつけているけれど）。もし、失敗してしまったらどうなるのか。患者さん、じゃなくて著者はタクシーの運転手さんとも話せなくなってしまうかもしれないではないか。

それでも私はこの本を読み通して、「直面法も悪くないかもしれない」と〝発見〟した。失敗は成功の母。著者がスペードのエースのように繰り出す「もやしと枝豆」のエピソードにしても、〝出どころ〟が少しずつ的を射てきている（とはいえ、初回から最終回まで結局、「もやしと枝豆」とはいかがなものか、とは思うが）。13回目の石田ゆり子さんとの回など、彼女の方が「聞きたいことがいっぱいあったのに、頭が真っ白になってしまった」と語り、著者は「いつでも受けつけますから、思い出したらご一報ください」と洒落たフォローさえしている（とはいえ、彼女の頭が混乱した原因の多くは、著者の話し方の方にあるとは思うが）。「初対面の人は苦手」という根本的な傾向はそう変わっていないようだが、少なくとも表面的な話術に関しては一歩、また一歩と上達しているようだ。精神科医としてはこの「表面的な上達」がついには人格の深いところにまで働きかけ、患者さんの（あ、違った。まあいいか）真の自信や対人交流への抵抗の減少につながるかどうか、というところが気になるところだ。

しかし、雑誌やテレビで見ているかぎり、「ドラマの打ち上げでスターに囲まれる三谷さん」とか「人気脚本家M氏、叶姉妹と深夜の焼肉パーティ!?」といった情報はまだ届いてこない。いったいどうなっているのか。決死の直面法は頓挫したのか、それともまだどこかで第245回あたりが続行中なのか…。三谷さん、今度、経過を教えてください。あ、そのときは保険証をお忘れなく。

登場人物紹介

八木亜希子（やぎ・あきこ）
フジテレビ・アナウンサー。入社後まもなく担当した「笑っていいとも！」「なんてったって好奇心」ほかでの味のあるアナウンスぶりで、〝フジテレビの顔〟的人気アナウンサーとなる。現在は、「FNNスーパーニュース」ほかの番組を担当している。

十朱幸代（とあけ・ゆきよ）
女優。一九五八年テレビ番組「バス通り裏」でデビュー。以後、映画、テレビ、舞台で幅広く活躍、ブルーリボン賞をはじめ数々の賞を受賞している。代表的な作品に、映画「震える舌」「櫂《かい》」「社葬」「日本一短い『母』への手紙」、舞台「マディソン郡の橋」「雪国」など多数。

西田ひかる（にしだ・ひかる）
歌手。父親の転勤で生後すぐに渡米、十三歳までロサンゼルスで育つ。帰国後、八八年に「フィフティーン」で歌手デビュー。以後、ドラマ「デパート！ 秋物語」「チャンス！」などで主演、また舞台、CM、テレビバラエティやエッセイの分野などでも幅広く活躍中。

日笠雅水（ひかさ・まさみ）
手相観《み》。高校生の時から周囲の人の手相を観はじめ、あまりにもよく当たるため、YMOのマネージャー時代に業界人を中心に口コミでその噂《うわさ》が広まっていき、いつのまにか手相観が本業になっていった。芸能界にも信奉者が多い。著書に「手相観ルーム」「幸せの手相学」などがある。

桃井かおり（ももい・かおり）
女優。七一年「あらかじめ失われた恋人たちよ」で映画デビュー。「幸福の黄色いハンカチ」「もう頬《ほお》づえはつかない」「東京夜曲」など多くの話題作に出演し、日本アカデミー大賞主演女優賞ほか数多くの賞を受賞。映画監督、プロデューサー、歌手としても活躍。エッセイの著書も多い。

鈴木蘭々（すずき・らんらん）
タレント、歌手。十三歳の時原宿でスカウトされ、モデルとしてデビュー。その明るくユニークな個性をいかし、「ポンキッキーズ」のうさぎちゃん役をはじめ、映画「LOVE LETTER」やCMやドラマでも活躍。九五年「泣かないぞェ」で歌手デビューした。

林家パー子（はやしや・ぱーこ）
タレント。憧れの林家三平に入門、女弟子ということで話題になり、入門三カ月でレギュラー番組を持ち、テレビ、舞台で活躍。その後、兄弟子の林家ペー氏と結婚、夫婦で活躍。テレビの本番中に、ペー氏の助手として写真を撮《と》っていることでも有名である。

緒川たまき（おがわ・たまき）
女優。九二年「プ」のヒロイン役でスクリーン・デビュー。以後、ドラマ「竜馬におまかせ！」「木綿のハンカチ」に出演、「土曜ソリトン Side-B」のパーソナリティで人気を得る。また舞台「広島に原爆を落とす日」にも出演、エッセイストとしても活躍している。

平野レミ（ひらの・れみ）
シャンソン歌手。お茶の水文化学院在学中より佐藤美子さんにシャンソンを学び、日航ミュージックサロンでデビュー。イラストレーターの和田誠氏と結婚後は、料理愛好家として大活躍。シャンソンのCD「きかせてよ『シャンソン・ド・レミ』」。著書に「天気印のおかずやさん」など多数あり。

森口博子（もりぐち・ひろこ）
歌手。八五年「水の星へ愛をこめて」でデビュー。以降次々とアルバムをリリースし、ヒットを飛ばすかたわら、NHK・BS「ジュニアのど自慢」の司会を務めるほか、音楽活動など幅広く活躍している。

加藤紀子（かとう・のりこ）
歌手。九二年「今度私をどこかへ連れていって下さいよ」でCDデビュー。以後、歌手活動を中心に、テレビ、ラジオ、CMで幅広く活躍。「笑っていいとも！」などのバラエティもこなすほか、ドラマ「ガラスの靴」で主演を果たす。エッセイも手懸《てが》けている。

安達祐実（あだち・ゆみ）
女優。三歳の時からドラマ、CMなどで活躍し、〝天才子役〟として注目を集める。以後も〝日本一忙しい小学生〟と呼ばれ、九三年映画「REX恐竜物語」に主演と同時に歌手デビュー。九四年主演したドラマ「家なき子」が大ヒット、映画化もされた。他にドラマ「ガラスの仮面」「元禄繚乱」「青い鳥症候群」、ミュージカル「オズの魔法使い」など多数。

石田ゆり子（いしだ・ゆりこ）
女優。八七年全日空の沖縄キャンペーンガールに選ばれる。翌年映画「悲しい色やねん」でスクリーン・デビュー。北野武監督の「3―4X10月」ではヒロインを演じた。エッセイ集「しあわせの風景」、妹・石田ひかりとの写真集「きせき1987-1996」ほか。ドラマ「オーバー・タイム」で好演、2000年春に舞台「ララバイまたは百年の子守唄」に出演。

著者略歴　三谷幸喜（みたに・こうき）

1961年7月8日生まれ。脚本家。1983年大学在学中に劇団「東京サンシャインボーイズ」を結成。'95年1月をもって30年の充電期に突入。

代表作に、テレビドラマ「やっぱり猫が好き」「振り返れば奴がいる」「王様のレストラン」「古畑任三郎」「総理と呼ばないで」「今夜、宇宙の片隅で」、舞台「笑の大学」「君となら」「温水夫妻」「マトリョーシカ」、映画「ラヂオの時間」などがある。

本書は1997年6月、小社より単行本として刊行されたものを文庫化したものです。

JASRAC 出0000884-001

気《き》まずい二人《ふたり》

三《み》谷《たに》幸《こう》喜《き》

角川文庫　11381

平成十二年二月二十五日　初版発行

発行者――角川歴彦

発行所――株式会社角川書店

東京都千代田区富士見二―十三―三

電話　編集部(〇三)三二三八―八四五一

営業部(〇三)三二三八―八五二一

〒一〇二―八一七七

振替〇〇一三〇―九―一九五二〇八

印刷所――暁印刷　製本所――コオトブックライン

装幀者――杉浦康平

落丁・乱丁本はご面倒でも小社営業部受注センター読者係にお送りください。送料は小社負担でお取り替えいたします。

定価はカバーに明記してあります。

み 24-1　ISBN4-04-352901-5　C0195

角川文庫発刊に際して

角川源義

第二次世界大戦の敗北は、軍事力の敗北であった以上に、私たちの若い文化力の敗退であった。私たちの文化が戦争に対して如何に無力であり、単なるあだ花に過ぎなかったかを、私たちは身を以て体験し痛感した。西洋近代文化の摂取にとって、明治以後八十年の歳月は決して短かすぎたとは言えない。にもかかわらず、近代文化の伝統を確立し、自由な批判と柔軟な良識に富む文化層として自らを形成することに私たちは失敗して来た。そしてこれは、各層への文化の普及滲透を任務とする出版人の責任でもあった。

一九四五年以来、私たちは再び振出しに戻り、第一歩から踏み出すことを余儀なくされた。これは大きな不幸ではあるが、反面、これまでの混沌・未熟・歪曲の中にあった我が国の文化に秩序と確たる基礎を齎らすためには絶好の機会でもある。角川書店は、このような祖国の文化的危機にあたり、微力をも顧みず再建の礎石たるべき抱負と決意とをもって出発したが、ここに創立以来の念願を果すべく角川文庫を発刊する。これまで刊行されたあらゆる全集叢書文庫類の長所と短所とを検討し、古今東西の不朽の典籍を、良心的編集のもとに、廉価に、そして書架にふさわしい美本として、多くのひとびとに提供しようとする。しかし私たちは徒らに百科全書的な知識のジレッタントを作ることを目的とせず、あくまで祖国の文化に秩序と再建への道を示し、この文庫を角川書店の栄ある事業として、今後永久に継続発展せしめ、学芸と教養との殿堂として大成せんことを期したい。多くの読書子の愛情ある忠言と支持とによって、この希望と抱負とを完遂せしめられんことを願う。

一九四九年五月三日